오늘의
물리치료를
시작합니다

오늘의 물리치료를 시작합니다

남기란 지음

상도북스

나는 그냥 평범한 동네 물리치료사다. 사명감이 유난히 깊은 것도 아니고 실력이 유난히 뛰어난 것도 아니다. 먼 지역에서 굳이 찾아오는 환자가 있을 정도로 이름을 날리는 것도 아니다. 다만 내 앞에 있는 환자에게 내가 할 수 있는 한 최선을 다한다는 것만큼은 자신한다. 그분들이 누군가의 어머니일 수 있고 아버지일 수 있고 자식일 수 있다는 사실을 생각하면 조금도 허투루 해서는 안 된다고 다짐한다.

겉으로 잘 드러나지 않고 속으로 깊이 든 병을 소위 '골병'이라 한다. 물리치료실은 유독 골병든 사람들이 모여드는 장소다. 처음에는 놔두면 저절로 나아질 통증인 줄 알았을 것이다. 가족들에게 통증을 털어놓아 보기도 했을 것이다. 하지만 제때 치료받지 못하고 방치한 통증은 어느새 만성이 되어 골병으로 굳어져 버린다. 그러다 보면 혼자 끙끙 앓게 되고 가족들의 관심도 덜해진다. 그런 분들이 기댈 수 있는 곳이 바로 동네 병원 물리치료실이 아닐까. 으레 달고 사는 통증으로 여기지 말고 꼭 물리치료실에서 치료받고 관리받으시면 좋겠다. 내가 평소 부모님과 주변 어르신들께 수시로 드리는 말씀이다. 이 자리를 빌려 독자분들에게도 당부드린다. 더 골병들기 전에 물리치료실로 오세요!

물리치료사가 된 지 20여 년이 흘렀다. 의욕 넘치던 앳된 물리치료사는 결혼과 출산으로 휴직과 복직, 이직을 거치면서도 여전히 꿋꿋이 이 길을 걷고 있다. 힘들어도 일을 놓지 않고 고군분투해 온 내 경험을 이야기하고 싶어 펜을 들었다. 그런데 글을 쓰기 시작하니 물리치료실에서 마주한 얼굴들이 하나하나 떠올랐다. 물리치료사로서 나를 성장하게 해 주고 때로 인생의 교훈까지 전해 준 많은 환자분들. 그분들에게 받은 다정한 마음과 그분들을 향한 내 진심이 모여 이 책이 완성될 수 있었다.

오늘도 나는 동네 병원 물리치료실에서 골병든 사람들을 만난다. 내 손길을 거쳐 그분들의 일상이 조금이라도 편해지길 바라며.

목차

작가의 말 4

건강하고 지속적인 읽기 생활을 위한 물리치료사의 제안 ❶

독서의 첫 단계는 바른 자세 10

**1부
동네 병원 물리치료실은
오늘도 와글와글**

시골 장날 초짜 물리치료사의 신고식 15

정겨운 의원의 정겨운 사람들 21

아수라장 물리치료실이 찾은 해결책 30

우리 동네 사랑방, 물리치료실 · 37

핫팩! 놓치지 않을 거예요 · 44

물리치료실의 중심에서 사랑을 외치다 · 49

헬로, 브래드 씨 · 57

물리치료실에 나타난 커피프린스 · 66

어머님들의 칼각 정리 신공 · 72

오다가 따 왔지, 부추 꽃다발 · 77

할아버지 환자와 싸이월드 일촌이 되다 · 84

나의 최연소 환자님 · 90

삼대가 함께 물리치료실에 누운 까닭 · 97

잔소리 원장님의 반전 매력 · 103

물리치료사가 환자의 마음을 여는 법 · 110

환자와의 연애, 그 결말은… · 117

건강하고 지속적인 읽기 생활을 위한 물리치료사의 제안 ❷

거북목을 예방해 주는 스트레칭 126

2부
요양병원 물리치료실에는 특별한 정이 있다

빈자리에 남은 추억들   131

집을 향한 그녀의 의지   138

욕쟁이 할아버지의 두 모습   144

치매 할머니의 촉 "아들이네"   151

왕년의 디제이를 위한 물리치료실의 플레이리스트   156

이게 누구야!   162

요양병원에서 밥을 안 준다고?   168

그 방귀, 내 거야!   174

어르신들의 칭찬을 먹고 삽니다   180

코로나 시대 찰나의 인사   185

저 위에서 보드라고   192

건강하고 지속적인 읽기 생활을 위한 물리치료사의 제안 ❸

눈의 피로를 풀어 주는 스트레칭   200

3부
대한민국에서 물리치료사로 산다는 것

어쩌다 보니 물리치료사   205

우리 집 안방은 미니 물리치료실   212

언니, 아가씨, 아줌마   219

치료비 물어내!   226

혼자 일하다가 황천길 갈 뻔한 사연   232

내가 경단녀라니   238

물리치료사의 직업병   247

이거 성희롱입니다   256

물리치료사의 마음은 누가 치료해 주나요   263

어느 곳에 있든 우리는 물리치료사   269

건강하고 지속적인 읽기 생활을 위한 물리치료사의 제안 ④

독서를 마무리하는 온몸 스트레칭   274

독서의 첫 단계는
바른 자세

본격적으로 책을 읽기에 앞서 올바른 자세를 취해 봅시다.

📌 책상 앞 의자에 앉으세요. 허리를 등받이에 바짝 붙여 곧게 펴고 무릎을 90도로 바르게 세우세요.

📌 팔을 책상 위에 자연스럽게 걸치고 턱을 아래로 가볍게 당기세요.

📌 독서대를 이용해 책을 약간 위쪽에 두어 고개가 너무 숙여지지 않게 하세요.

1부

동네 병원
물리치료실은
오늘도
와글와글

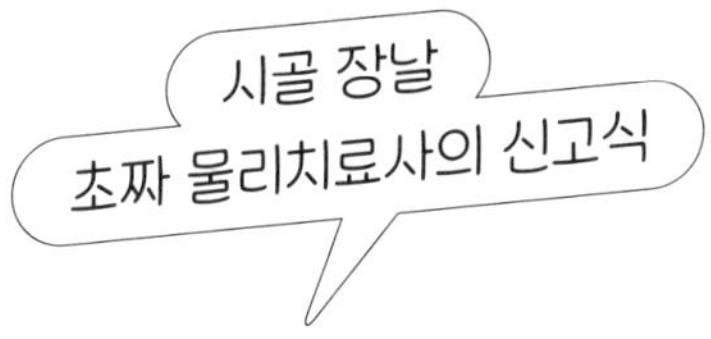

뿌연 흙먼지를 일으키며 나를 토해 낸 시골 버스는 벌써 저만치 달려가고 있다. 나 혼자 덩그러니 서 있는 이곳은 부여 읍내의 작은 버스 정류장. 주위를 둘러보니 건물들이 모두 고만고만하다. 높아 봤자 3층이다. 그중에서 새파란 간판이 달린 건물이 금세 눈에 들어온다. 그 이름도 정겨운 '정겨운 의원'. 내가 물리치료사로서 첫발을 내딛게 될 병원이다.

"기란아, 어서 와. 멀리까지 오느라 힘들었지?"

친구가 나를 맞아 주었다. 이곳에 먼저 근무하고 있던 대학 동기다. 병원이 문을 닫는 일요일이지만 나를 위해 병원 2층 한구석의 숙소에 머물고 있었던 것이다. 옆방에 짐을 풀고 친구가 차려 준 밥을 먹으며 회포를 풀었다. 술

한 잔까지 곁들이니 수다가 끊이지 않고 이어졌다. 그런데 아직 겨울이 채 물러가지 않은 3월 초라는 점을 감안해도 좀 춥다. 낡은 건물의 냉기가 그대로 전해진다.

병원이 위치한 동네의 분위기, 다른 직원들의 성향, 숙소의 규칙 같은 여러 이야기를 들려주던 친구가 한마디 덧붙였다.

"참, 근데 마침 내일이 장날이야. 하필 첫 출근 날부터 바쁘게 됐네."

도시에서만 살아온 내게 장날의 의미는 금방 와 닿지 않았다. 막연히 좀 번잡한 분위기겠거니 생각했다.

밤늦게 잠자리에 누웠다. 하지만 쉽사리 잠을 이루지 못했다. 병원 건물의 서늘한 기운 때문일까, 설렘과 걱정이 뒤섞인 마음 때문일까.

다음 날 아침, 평소보다 일찍 눈이 뜨였다. 여전한 추위 속에 덜덜 떨며 서둘러 출근 준비를 마쳤다. 병원 문을 열기까지는 아직 꽤 여유가 있는 시간. 그런데 웅성웅성 시끄러운 소리가 새어 들어온다. 슬쩍 밖을 내다보았다. 닫혀 있는 병원 문 앞 계단에 어르신들이 잔뜩 모여 앉아 있다. 헉 놀라는 나와 달리 친구는 익숙한 광경인 듯 태연하다.

"오늘 장날이라고 했잖아. 저분들, 장에 가기 전에 진료부터 받으려고 기다리시는 거야."

이 동네는 오일장이 열리는 읍내다. 장날에 버스에 몸을 실어 읍내로 나오는 어르신들은 저마다 빡빡한 스케줄을 안고 있다. 직접 지은 농작물을 파는 것, 필요한 물품을 사는 것, 은행에서 돈을 넣거나 찾는 것, 우체국에서 자식들에게 택배를 보내는 것, 식당에서 친구들과 외식을 하는 것, 미용실에서 머리를 하는 것 등등. 그중에서도 가장 먼저 처리해야 할 스케줄이 바로 병원에 가는 것이다. 일단 물리치료부터 받아서 굳은 몸을 풀어야 그날 하루가 편안하고 이후의 스케줄이 꼬이지 않기 때문이다.

진료가 채 시작되기도 전에 병원 문이 활짝 열렸다. 계단에 앉아 있던 어르신들이 일제히 일어나 우르르 몰려 들어온다. 폭풍우 같은 기습이다. 어리바리 멍하니 있다가 난데없이 귀싸대기를 맞은 기분이다.

겨우 정신을 차리고 "안녕하세요" 인사해 보지만 내 인사에 귀 기울이는 이는 없다. 어르신들은 물리치료실로 직행해 벌써 베드에 자리를 잡고 누워 있다. 이미 베드는 따스하게 예열된 상태다. 보통은 물리치료사가 출근하면서 온열기를 켜는데 장날에는 병원 사무장님이 미리 온열기를 켜 둔다고 한다. 간발의 차이로 아쉽게 베드를 놓친 어르신들은 대신 전신 안마매트에 눕는다. 어르신들의 익숙한 손놀림에 안마매트가 덜덜 작동을 시작한다. 분주함 속에서도 보이지 않는 질서가 조화롭게 유유히 흐르고 있다.

이 다이내믹한 광경에 내 입과 눈은 두 배로 커졌다. 하지만 감탄하고만 있을 수는 없다. 이제 나는 이 병원의 물리치료사가 아닌가. 부랴부랴 물리치료에 돌입했다.

"새로 왔어? 어디서 왔어? 몇 살이여? 부모님은 뭐 하시고?"

한 할아버지가 사람들이 가득한 물리치료실 한가운데에서 나를 붙잡고 호구조사를 시작했다. 하지만 큰 소리로 물리치료사를 찾는 다른 어르신에게 가느라 제대로 대답하지도 못했다.

"어머님, 전기치료 들어갈……."

"내 찜질 그냥 둬!"

한 할머니가 핫팩을 끌어안으며 버럭 외친다. 할머니
의 허리 아래에 깔아 둔 핫팩을 치우고 전기치료를 하려
던 나는 놀라서 멈칫했다. 알고 보니 찜질을 유난히 좋아
해서 핫팩을 오래 끼고 있어야 직성이 풀리는 분이다.

"아버님, 이제 다음 치료로 넘어갈게요."

"누가 아버님이여? 나? 내가 자네 아버지여?"

여든은 되어 보이는 할아버지의 미간이 확 찌푸려진
다. 아버님이라는 호칭이 싫다면 뭐라고 불러야 하나? 딸
뻘이라기보다는 손녀뻘이니까 할아버님?

"거기 내 이름 있잖여. 멀쩡한 이름을 놔두고, 쯧."

아, 실명 선호파이신가 보다. 차트에 적힌 이름을 보
고 "윤병규 님" 하자 그제야 할아버지의 표정이 풀린다.

몰려드는 어르신들 틈바구니에서 거의 혼이 빠진 채
일하다 보니 점심시간이 되었는데도 배가 고프지 않았다.
나는 밥 대신 휴식을 선택했다. 점심을 거르고 오후로 접
어들자 그제야 물리치료실에 조금은 여유가 생겼다. 아침
일찍 온 어르신들은 물리치료를 받아 가뿐해진 몸으로
장터를 향해 썰물처럼 빠져나갔고, 이제는 장에 먼저 들
른 어르신들이 와서 베드에 누워 영양제를 맞고 있다. 옆

건물 미용실에서 뽀글뽀글 파마한 머리에 보자기를 두른 채 나란히 누워 있는 할머니들도 있다.

"밥은 챙겨 먹은겨? 이거 좀 먹어 봐."

영양제를 맞던 할머니가 무언가 불쑥 내민다. 시장표 옛날 과자다. 그제야 배고픔이 확 올라온다. "감사합니다" 하고 과자를 입에 물었다. 장터의 흥겨운 음악 소리가 들려온다. 엿장수가 품바 타령을 하고 있나 보다. 몇몇 어르신이 흥얼흥얼 따라 부른다.

첫 출근 날부터 제대로 신고식을 치렀다. 이것이 시골 장날의 위력인가. 그래도 큰 사고 없이 마무리했으니 다행이었다. 대학에 입학하자마자 편의점, 병원, 텔레마케팅 업체 등에서 쉬지 않고 아르바이트를 하며 다진 눈치 덕분인가 보다.

신입 물리치료사의 삶이 그렇게 시작되었다.

대학 졸업반이던 해에 나는 과 대표를 맡고 있었다. 과 대표에게는 졸업할 무렵 교수님의 추천서를 받아 서울의 어느 대형 종합병원에 지원할 수 있는 자격이 주어졌다. 우리 과는 A반과 B반으로 나뉘어 있어 과 대표도 두 명이었는데, 교수님은 우리 둘을 따로 불러 응원도 해주셨다. 열심히 필기시험을 준비했고 운 좋게 합격했다. 이제 남은 건 면접뿐. 그런데 필기시험에 너무 힘을 쏟은 탓일까. 면접이 뭐 그리 어렵겠나 방심하는 바람에 연습을 많이 하지 않았다. 하지만 막상 면접장에 가 보니 열기가 뜨거웠다. 다른 지원자들은 철저히 준비한 티가 났다. 그 분위기에 압도되어 기가 죽은 나머지 그나마 준비한 대답조차 제대로 말하지 못했다. 결과는 당연히 불합격.

내로라하는 종합병원의 물리치료사가 되겠다는 꿈이 물거품이 되고 나니 의욕이 뚝 떨어져 버렸다. 면허증도 따고 졸업도 했건만 어영부영 시간만 잡아먹으며 봄을 흘려보냈다. 물리치료사는 종합병원부터 동네 의원, 요양원까지 수요가 많아서 취업이 잘되는 직종으로 알려져 있고 실제로도 그렇다. 나와 함께 졸업한 동기들은 어느새 거의 다 취업에 성공해서 제 몫을 하고 있었다. 나만 자리를 잡지 못했다는 불안감이 엄습하던 차에 단짝 친구의 연락이 왔다.

"기란아, 너 아직도 취업 안 했니?"

"응, 아직. 나도 하긴 해야 하는데……."

"그럼 내가 있는 병원으로 올래?"

"너 어디 취업했더라?"

"나 고향에 취업했잖아. 내 고향이 부여인 거 알지? 부여 중심지에서 좀 더 들어가면 나오는 읍내야. 네가 사는 대전에서는 좀 걸려. 두 시간 정도? 여기 오면 병원 숙소에서 나랑 같이 살면 돼."

우리 집에서 멀다는 사실에 오히려 마음이 동했다. 예전부터 품고 있던 독립의 로망이 솟아올랐다. 오빠와 언니는 모두 다른 지역에 있는 대학에 입학해서 일찍부터 독립해 살고 있었다. 그에 반해 나는 태어나고 자란 대전에서 대학까지 죽 다녀서 독립의 기회가 없었다. 부모님은 다 큰 막내딸이 당신들 품을 떠나는 데 늘 부정적이었다. 남들 눈에는 듬직한 성인 여성이건만 부모님 눈에는 여전히 어린아이로 보였나 보다. 서울의 종합병원에 취업했다면 그 핑계로 독립할 수 있었을 텐데 그마저도 무산된 상태. 때마침 받은 친구의 제안에 결심했다. 그래, 어디든 간에 이참에 나도 독립을 해 보자.

그렇게 부여의 정겨운 의원은 내 첫 직장이 되었다. 부모님은 못 미더워하면서도 독립을 허락해 주셨다. 친구와 함께 지낸다는 점, 대전에서 두 시간 거리라 여차하면 오갈 수 있다는 점 때문이었다. 그래도 영 안심이 안 되었는지 내가 출근한 첫 달에 엄마와 언니가 찾아와 원장님과 직원들에게 인사도 하고 간식도 돌렸다.

도시 사람들 눈에는 한적한 시골 동네로 보이겠지만 이곳은 나름 읍내의 중심지. 시내로 가는 버스를 탈 수 있는 정류장이 있고, 여러 병원이며 식당이 모여 있고, 오일장이 열렸다.

정겨운 의원은 그 안에서 제법 규모 있는 병원이었다. 물리치료도 하고, 외과 진료도 하고, 피부과 진료도 하고, 점 빼기 같은 간단한 레이저 시술까지 했다. 전신 안마매트도 여러 대 놓여 있어서 누구나 이용할 수 있었다. 찾아오는 환자분들은 평균 70대. 한번 병원에 들어오면 한두 시간씩 머물다 가는 것이 보통이었다. 일주일에 두세 번 꼬박꼬박 오는 분들이 많고, 출근 도장을 찍듯 거의 매일 오는 분들도 있었다.

어르신들과 시간을 보내다 보니 점점 정이 들었다. 마치 우리 할머니, 우리 엄마 아빠를 대하는 느낌이었다. 어르신들 안부는 물론이고 지난 명절에 왔다 간 손주들 안부, 마당에서 키우는 강아지 안부, 고장 난 냉장고 안부까지 묻게 되었다. 어르신들도 새파랗게 젊은 물리치료사를 손녀처럼 대해 주셨다. 오일장이 서는 날이면 과일, 뻥튀기, 순대, 붕어빵 같은 주전부리도 사다 주시고 집에서 직접 만든 각종 전이며, 찐옥수수, 찐고구마, 찐밤도 가져다 주셨다. 물리치료를 하는 동안 어르신들이 건넨 간식으로 배를 두둑이 채우고 함께 수다를 떠는 것이 일상이었다.

그러다 보니 어느새 넉살이 늘고 뱃살은 더 늘었다.

어느 장날에는 여든이 훌쩍 넘은 할아버지가 물리치료실로 들어오며 검은 비닐봉지를 쓱 건넸다.

"할아버지, 이게 뭐예요?"

"열어 봐."

비닐봉지 안에서 나온 것은 따뜻하게 털을 덧댄 슬리퍼 두 켤레.

"내가 전에 슬리퍼 사다 준다고 했잖여. 찢어져서 덜렁거리는 거 그냥 신고 다니길래."

"아유, 이런 거 안 사 주셔도 되는데……."

"신어 보기나 혀. 잘 맞는지."

할아버지가 사 온 털 슬리퍼는 나와 친구의 발에 딱 맞았다.

"감사합니다. 폭신해서 너무 좋아요."

"그려, 잘 신고 다녀."

새 슬리퍼를 신으니 바쁘게 일하면서도 발걸음이 가벼웠다. 그날 저녁 대전의 엄마와 통화하며 슬리퍼 자랑을 했다.

어느 날은 할머니 한 분이 자그맣고 하얀 강아지를 데

려왔다.

"밤에 젊은 여자 둘만 있으면 무서워서 어쩌누. 개라도 데리고 있어야지."

숙소가 있는 2층은 원래 입원실이었는데 이제는 입원 환자를 받지 않다 보니 병원이 문을 닫고 나면 숙소에 나와 친구만 덩그러니 남곤 했다. 할머니는 그게 영 신경 쓰였던 모양이다.

할머니가 데려온 강아지는 태어난 지 겨우 두어 달 된 믹스견이었다. 나와 친구는 강아지에게 '강이'라는 이름을 붙이고 2층에서 키웠다. 강이의 존재는 2층 전체를 환하게 해 주었다. 가끔 방 안에 실수를 하기도 하고 우리 물건을 물어뜯기도 했지만 어떤 저지레도 다 용서할 수 있었다. 하지만 강이는 너무 빨리 자라 버렸다. 몇 달 만에 도저히 안에만 둘 수 없을 정도로 커져서 병원 뒷마당에 두고 키우게 되었다. 그때부터는 우리 둘만의 귀염둥이가 아니라 모두의 인기 스타가 되었다. 병원 직원들이 돌아가며 밥을 챙겨 주었고 환자분들이 오며 가며 머리를 쓰다듬어 주었다. 그래도 강이가 가장 잘 따르는 사람은 나와 친구였다. 휴일에 앞산에 산책하러 갈 때면 늘 강이도 따라 나섰다. 괜스레 무서운 밤이라도 강이가 밖에서 지켜 주고 있다고 생각하면 든든했다.

함께 일하는 병원 식구들도 다 좋은 사람들이었다. 특히 데스크에서 접수를 받는 직원을 왕언니, 병원의 유일한 간호사를 작은 언니라고 부르며 잘 따랐다. 왕언니는 병원 근처에서 가족과 함께 살았는데 우리 둘을 자주 불러 푸짐한 저녁 식사를 차려 주었다. 왕언니가 만드는 음식은 웬만한 식당은 저리가라 할 정도로 맛깔났다. 왕언니는 손도 커서 숙소로 돌아갈 때면 우리 양손에는 음식이 한 아름 들려 있었다. 어르신들이 건네는 간식 탓에 수시로 다이어트를 시도했지만 왕언니의 음식 솜씨에 수포로 돌아가기 일쑤였다. 작은 언니는 싱글이라 종종 함께 저녁 술자리를 가지고 우리 숙소에서 잤다. 여자 셋이 수다를 떨다 보면 새벽까지 이어지기 일쑤였다.

그런데 시골 생활을 한 지 1년이 되어 갈 즈음, 향수병이 일어나기 시작했다. 사실 호기심도 많고 하고 싶은 것도 많은 이십대 청춘에게 그곳은 너무 심심한 동네였다. 장터 구경, 시골 축제 구경, 근교 여행도 한계가 있었다.

병원 식구들과 어울리기도 하고, 가족이나 친구를 초대해 놀기도 했지만 밀려오는 무료함을 막기는 역부족이었다. 일을 마치고 썰렁한 숙소에 있으면 자꾸 집 생각, 도시 생각이 났다. 처음에는 한 달에 한 번 정도 대전 집에 가던 것이 주말마다 가는 것으로 바뀌었고, 이내 아빠 차를 끌고 평일에도 집에서 출퇴근을 하게 되었다. 출근 시간을 맞추려면 새벽부터 일어나 준비해야 했다. 왕복 네 시간이니 기름 값도 만만치 않았다. 이곳을 떠나고 싶다는 생각이 점점 커졌고 결국 사직서를 냈다.

퇴사를 앞두고 어르신들 한 분 한 분에게 마지막 인사를 드렸다.

"어머님, 저 여기 그만두게 됐어요. 이번 주까지만 근무해요."

"왜? 결혼하는겨?"

"아이 참, 저 아직 결혼할 나이 아니에요!"

"갑자기 그만둔다니까 난 또 결혼하는 줄 알았지."

"부모님 계시는 곳으로 돌아가려고요."

"너무 속상한디. 그동안 많이 정들어서. 그래도 잘 생각혔어. 부모님이랑 같이 살아야지, 암."

어르신들은 못내 아쉬워하면서도 부모님의 마음으로 이해해 주셨다. 그렇게 나의 첫 직장, 정겨운 의원에서의 생활은 막을 내렸다.

대형병원 취업에 실패하고 어찌어찌하다 보니 일하게 된 시골 병원. 그곳에서 나는 환자를 대하는 자세와 마음가짐을 배웠다. 허물없이 정을 나누어 준 어르신들 덕분이다. 초짜 물리치료사인 내가 그분들을 첫 환자로 만난 것은 큰 행운이었다. 분에 넘치게 예쁨을 받으며 정겨운 추억들을 선물받았다. 평생 잊지 못할 것이다.

그리고 뱃살까지도. 어르신들이 찌운 내 뱃살도 평생 잊지 못할 것 같다.

부여의 정겨운 의원에서 1년을 꼬박 채우고 향한 곳은 서울의 어느 정형외과. 원래는 대전으로 돌아가려 했으나 나도 서울이라는 대도시에서 살아 보고 싶었다. 이미 서울에서 자리 잡은 언니 집에 머물며 출근을 시작했다. 하지만 서울살이는 만만치 않았다. 정 많은 환자분들과 동료들 덕에 금방 적응했던 정겨운 의원과 달리 서울의 병원에서는 영 적응하지 못했다. 다른 직원들과 마음이 맞지 않아 겉돌기 일쑤였다. 나 말고 물리치료사가 한 명 더 있었는데 갑작스레 결근하는 날이 많아 나 혼자 물리치료실 전체를 맡을 때가 많았다. 그런 날이면 몸도 힘들지만 마음이 더 힘들었다. 간신히 버티다가 또 1년 만에 퇴사를 선택했다.

대학을 졸업하고 2년 만에 돌아온 내 고향 대전. 대전 이곳저곳에 취업해 있는 동기들 덕분에 여러 병원에 면접을 볼 수 있었고 집에서 가까운 동네의 정형외과에 출근하게 되었다.

새로 일하기 시작한 정형외과는 동네 병원치고는 꽤 규모가 있는 곳이었다. 나까지 네 명의 물리치료사가 있었고 물리치료실에 드나드는 환자 수는 입원 환자까지 포함해 하루에 150명에 육박했다. 인기의 비결은 원장님이었다. 서글서글한 인상에다 소통을 잘했다. 두서없이 하소연을 늘어놓는 환자분을 대할 때조차 짜증 한번 내지 않고 귀 기울였다. 직원들에게도 친절했다. 일일이 관여하지 않고 믿고 맡기는 스타일이라 직원들이 마음 편하게 일할 수 있었다. 원장님 덕분에 병원 전체의 분위기가 좋았다.

그럼에도 문제가 하나 있긴 했다. 물리치료실의 자리다툼이었다.

정겨운 의원에서는 장날마다 자리다툼이 있었다면 이 병원에서는 매일매일 하루 종일 자리다툼으로 몸살을 앓았다. 병원이 쉬는 일요일만 빼고 월요일부터 토요일까지 내내 장날인 것만 같았다. 오전 진료가 시작되면 물리치료실로 이어진 복도 너머부터 목소리가 들려오더니 이내 환자분들이 줄줄이 입장한다. 스무 개의 베드가 몇 분 만에 다 찬다. 미처 자리를 차지하지 못한 환자분들은 대기 의자에 앉아 기다린다. 물리치료가 몇 분 만에 간단히 끝나는 것이 아니다 보니 보통 30분, 길게는 한 시간 가까이 기다려야 한다.

안 그래도 환자분들은 몸이 아파 예민해진 상태다. 아픈 것도 서러운데 원하는 치료를 빨리 받지 못하니 짜증이 날 수밖에.

"아니, 내가 더 일찍 왔는데 왜 저 아저씨가 먼저 들어가요?"

"저 환자분이 먼저 접수를 하셔서 그래요."

"그런 게 어디 있어? 내가 먼저 물리치료실에 들어왔잖아요."

"저희는 데스크에서 접수하신 순서대로 치료해 드리고 있어요."

"너무 이상하네. 더 일찍 온 사람이 먼저 받게 해 줘야 맞는 거 아니에요?"

“죄송합니다만 이게 저희 병원 방침이라…….”

아직 이 환자분이 진정되기도 전에 또 다른 환자분이 부른다.

“대체 내 순서는 언제 오는 거예요? 나 빨리 가야 되는데.”

“접수 순서대로 안내해 드리고 있어요. 조금만 기다려 주세요.”

“조금만이 얼마만큼이에요? 얘기를 해 줘야 알지.”

“환자분들마다 걸리는 시간이 다르니까 저희가 확정해서 말씀드리긴 힘들어요.”

“뭐 이렇게 엉망이야! 원장님한테 말 좀 해야겠네.”

여기저기서 뿔난 목소리가 솟아오른다. 그래도 물리치료사에게 성질을 내는 정도면 그나마 낫다. 가장 나쁜 상황은 환자분들끼리 싸움이 나는 것이다.

“이보세요! 그렇게 새치기를 하시면 안 되죠.”

“네? 나보고 한 말이에요?”

“그럼 여기 아줌마 말고 누가 있어요? 순서 지키시라고요.”

“어이가 없어서. 나는 여기 입원해 있는 환자예요.”

“입원해 있으면 새치기해도 돼요? 접수도 안 하고 들어가는 거 내가 다 봤어요.”

“입원 환자인데 무슨 따로 접수를 해요? 당연히 그냥 되는 거지.”

시비가 붙어 기분이 상한 환자분들은 물리치료사가 끼어들어 중재해도 쉽사리 화가 풀리지 않는다. 왜 이런 상황을 만드냐고 물리치료사에게 화풀이나 하지 않으면 다행이다.

거의 매일 물리치료실에서 큰소리가 나니 원장님이 난감한 표정으로 말했다.

“환자가 너무 많아서 다들 힘드시죠? 이걸 어찌해야 할지.”

물리치료사들을 위로하고자 하는 마음은 충분히 알겠지만 원장님도 딱히 해법을 내놓지는 못했다. 아무것도 해결되지 못한 채 시간만 흘렀다. 그러던 어느 날 점심시간. 선배 물리치료사가 은행에 다녀오더니 눈을 반짝이며 말했다.

“우리도 은행처럼 해 볼까?”

은행에서 사용하는 것과 같은 번호표를 도입하자는

아이디어였다. 은행도 물리치료실만큼이나 사람이 북적이는 곳. 점심시간에는 더욱 그렇다. 하지만 은행 창구 앞에서 고객들이 내가 먼저니 네가 먼저니 싸우는 모습은 상상하기 힘들다. 은행에 들어갈 때 뽑은 번호표에 따라 자기 차례를 기다리면 되니 고객들이 알아서 질서를 지키기 때문이다. 물리치료실이라고 그러지 못하라는 법이 있는가. 이미 종합병원에서는 번호표가 일반화되어 있지 않나.

지금이야 개인 병원이라도 어느 정도 규모가 있으면 번호표를 이용하는 곳이 많다. 하지만 그 당시만 해도 개인 병원, 더구나 지방에 위치한 병원들 중에는 번호표를 도입한 곳이 거의 없었다. 번호표라는 아이디어에 원장님도 반색하며 환영했다.

"당장 해 봅시다!"

처음에는 일단 작은 메모지에 번호를 적어 나누어 드렸다. 데스크에서 접수를 마친 환자는 번호표를 하나씩 받아 들고 물리치료실 앞에서 기다리다가, 물리치료사가 자신의 번호를 부르면 안으로 들어갔다. 입원 환자도 예외가 아니었다.

손으로 만든 엉성한 번호표임에도 그 위력은 대단했다. 물리치료실의 난리법석이 싹 사라졌다. 간혹 대기 시간이 너무 길다고 불평하는 목소리가 들리긴 하나 그저 혼자 구시렁거리는 것에 그쳤다. 번호표는 물리치료실에 평화를 선사해 주었다. 따지고 보면 크게 바뀐 것도 아니었다. 접수 순서대로 물리치료를 받는다는 원칙 자체는 그대로니까. 하지만 자신에게 주어진 번호가 있다는 사실만으로도 환자분들은 원칙을 분명히 인지하고 안정을 느낀 것이다. 얼마 후 번호표는 숫자가 인쇄된 종이를 코팅한 것으로 업그레이드되었다.

이제 물리치료사들은 화난 환자분들까지 달래야 하는 수고에서 벗어나 더욱 치료 자체에 집중하게 되었다. 밀려드는 환자분들을 보면 한숨이 나는 대신 '이번 달도 보너스를 받겠구나' 하고 흥이 나게 된 것이다.

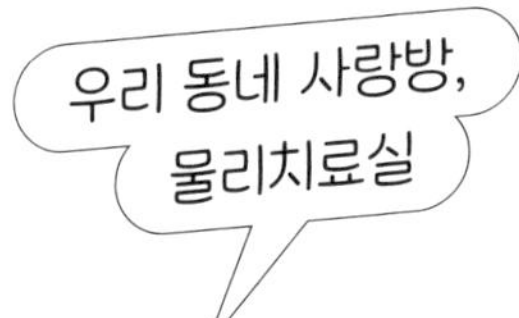

“글쎄, 그 집 아들내미가 바람이 났다는 거 아녀.”

“뭐? 바람? 아이구, 저런.”

“할망구가 얼마나 풀이 죽었던지. 자식 얘기를 일절 꺼내지도 않잖여.”

“기회만 되면 아들 자랑을 하던 사람인디. 며느리 자랑, 손주 자랑은 또 어떻고.”

“그러니까 말여. 아주 달라졌어.”

“근데 그 아들은 어쩌다 바람이 났대? 누구랑 바람이 난 거래?”

“그게 어떻게 된 거냐면…….”

두 할머니의 목소리가 점점 커진다. 대화 내용이 물리치료실 전체에 울려 퍼진다.

두 분은 병원 근처에 사는 친한 이웃이다. 평소 함께 물리치료실에 와서 바로 옆 베드에 나란히 자리를 잡는다. 그리고 핫팩을 깔고 누운 채 수다 삼매경에 빠진다. 동네에서 일어난 온갖 시시콜콜한 소식이 이어진다. 그런데 이번 소식은 무려 바람 이야기. 안 그래도 귀가 솔깃해지는 소재인데 마침 일이 조금 한가한 시간이라 두 분의 대화가 더욱 쏙쏙 귀에 들어왔다.

그때 저쪽 편에 있던 다른 환자가 물리치료사를 불렀다. 가까이 가 보니 얼굴에 짜증이 가득하다.

"시끄러워서 못 참겠네. 제발 좀 조용히 하라고 해 주세요."

누군가에게는 〈부부 클리닉 사랑과 전쟁〉을 보는 듯 흥미진진한 사연이 누군가에게는 평온한 물리치료를 방해하는 소음이 된 것이다. '재미있지 않으세요? 이참에 모두 함께 듣는 건 어때요?' 하고 말하고 싶은 마음을 누르고 두 할머니에게 다가갔다.

"다른 분이 목소리를 조금만 낮춰 달라고 하시네요."

"아유, 미안해라. 조용히 할게."

두 할머니는 자기들끼리만 들리게 낮은 목소리로 소

곤소곤 몇 마디 더 나누다가 이내 입을 다물었다. 이런 소식은 호들갑을 떨며 침 튀기게 이야기해야 제 맛이거늘 아무래도 영 흥이 안 났나 보다.

남의 집 바람난 이야기가 전말이 드러나기 직전에 딱 끊겨 버리다니. TV드라마는 이렇게 끊기면 애가 타긴 해도 다음 회차까지 얼마나 기다려야 하는지 명확하기나 하지, 어르신들의 이야기는 지금 다 듣지 못하면 다음을 기약할 수 없다. 마침내 물리치료가 끝나고 나가려는 두 할머니에게 슬쩍 말을 걸었다.

"그래서 그 일은 어떻게 된 거래요? 바람났다는 거 말이에요."

"아, 그거 말여."

물리치료사가 관심을 보이자 두 분은 다시 신이 나서 이야기를 시작했다.

"곽씨 할머니 알지? 키 크고 머리 하얀. 그 집 아들이 외국 대학에서 오래 공부하다가 얼마 전에 들어왔거든. 근데 며느리랑 손주는 코빼기도 안 비치고 아들만 덜렁 왔더래. 왜 그런가 봤더니 아들이 외국 여자랑 바람이 나서 며느리가 애를 데리고 친정으로 가 버린 거지. 그래 가지고 동네가 시끄럽게 싸움이 났어."

"싸움이요?"

"곽씨 할머니가 아들을 혼꾸멍낸다고 집이 떠나가라 소리를 지르는데 그 아들이란 놈은 자기가 뭘 그렇게 잘못했냐고 대거리를 하는 거여. 에구, 딴 여자한테 홀린 아들을 자기가 어쩌겠어."

"저런, 그랬대요?"

"지금 곽씨 할머니 속이 말이 아닐걸. 우리 아들 똑똑하다, 며느리도 똑똑하다, 손주도 영어 잘한다 자랑하는 게 낙이었는데 이제는 암말도 못하게 됐지 뭐."

동네 병원이다 보니 친구끼리 이웃끼리 함께 오는 분들이 많다. 물리치료를 받다 보면 족히 한 시간, 링거까지 맞다 보면 거의 두 시간은 베드에 누워 있게 된다. 그 시간 동안 동네 사람들 사는 이야기가 물리치료실 곳곳에서 들려온다. 물리치료실은 엄연히 치료가 목적인 데다 여럿이 함께 쓰는 공간인 만큼 조용히 이용하는 것이 기본 에티켓이다. 말소리가 너무 커지면 주변의 다른 환자들에게 피해가 되니 물리치료사가 주의를 준다. 하지만 때로는 너무 재미있는 이야기에 물리치료사까지 귀를 쫑

굿 세우기도 한다. 이쪽 베드에서 하는 말에 저쪽 베드에서 대답이 들려오기도 하고, 물리치료실 전체가 와하하 웃음보를 터뜨리기도 한다.

동네 소식뿐인가. 유용한 정보나 최신 트렌드도 파악할 수 있다.

"남 선생님, 트로트 좋아하나? 찬원이 좋아해?"

"찬원이요?"

"가수 이찬원 말이야. 몰라?"

"아, 알죠. 근데 이찬원이 왜요?"

"옆 동네 축제에 이찬원이 온대. 다다음 주 토요일 오후 2시. 남 선생님도 가 봐. 부모님 모시고."

어르신들 사이에 전해지는 정보는 웬만한 SNS보다도 빠르다. 특히나 어르신들에게 인기 있는 가수의 무료 공연은 절대 놓쳐서는 안 되는 꿀정보다. 이런 공연에 부모님을 모시고 가면 점수를 톡톡히 딸 수 있다.

어느 날부터인가 물리치료실에 오는 어머님들의 머리에서 비슷하게 생긴 모자가 눈에 띄기 시작했다. 마침 단골 환자분도 그런 모자를 하고 오셨길래 물어보았다.

"어머님도 이 모자 가지고 계시네요? 오전에 온 다른

분도 이런 거 쓰셨던데요?"

"요 앞 시장에서 파는 거야. 바람이 세게 불어도 날아가지 않아서 좋아."

"아, 그래서 어머님들 사이에 인기인가 봐요. 요즘 물리치료실에서 자주 보이더라고요."

"만 원밖에 안 해. 우리 치료사님도 하나 사다 줘?"

"아유, 아니요. 제가 사서 엄마 드리려고요."

어르신들에게 입소문이 난 제품은 믿을 만하다. 긴 세월 동안 키워 온 매의 눈으로 선택한 것이니까. 어르신들에게 추천받아 산 물건들 중에서 별로인 것은 하나도 없었다. 나보다도 부모님이 더 만족스러워하셨다.

이렇게 온갖 소식이며 정보가 모이는 동네 병원 물리치료실. 이 정도면 사랑방 역할을 톡톡히 하고 있는 셈 아닌가. 그러다 보니 자주 오다가 갑자기 발길이 뚝 끊긴 환자분이 있으면 근황을 알아보기도 한다. 혼자 사는 어르신들도 많으니 행여 무슨 변고가 생긴 것은 아닐까 걱정되기 때문이다. 다른 환자분을 통해 안부를 전해 들으면 다행이지만 그마저도 여의치 않으면 병원 부장님이 직접 전화를 걸어 본다.

“아버님, 여기 ○○ 병원이에요.”

“응, 왜?”

“요새 통 안 보이셔서요. 혹시 큰일이라도 있으신가 해서 전화 드렸어요.”

“큰일은 무슨. 서울 딸네 집에 와 있어. 손주 녀석들 보느라고.”

한 아이를 키우려면 온 마을이 필요하다는 말이 있는데, 한 어르신을 돌보는 데도 온 마을이 필요하지 않을까. 비록 공식 복지 기관은 아니지만 동네 사랑방으로서 물리치료실도 한 축을 맡고 있다고 자부한다.

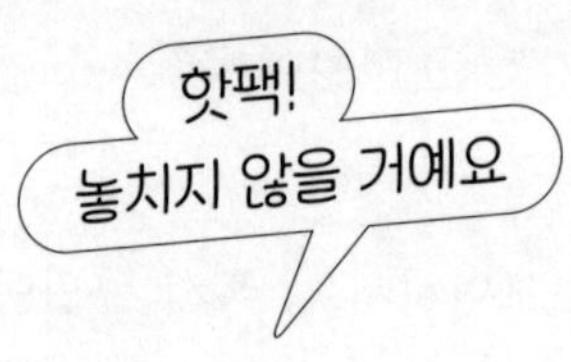

비상, 비상, 비상!

머릿속에서 경고음이 요란하게 울린다. 핫팩 통이 차갑다. 통 안에 들어 있는 핫팩들이 조금도 데워지지 않았다는 의미. 핫하지 않은 핫팩이라니.

지금은 한 주가 시작되는 월요일 아침이다. 일주일 중에서도 환자분들이 가장 많이 몰리는 시간인 것이다. 하필 이때 이런 사태가 터졌으니 그야말로 '멘붕'이다.

기억을 더듬어 보았다. 지난주 토요일 일을 마치고 물리치료실 안을 싹 청소했다. 일요일이 지난 후 다시 물리치료실을 찾을 환자분들을 청결히 맞이하기 위해. 그때 핫팩 통을 맡은 사람은 나였다. 청소를 마치고 전원을 켜 놓아야 하는데 깜빡했나 보다.

일단 이실직고를 했다.

"실장님, 큰일이에요. 제가 사고를 쳤어요."

"응? 뭔데 그래요?"

"핫팩 통이 차가워요. 토요일에 청소한 이후로 계속 전원이 꺼져 있었나 봐요."

"헉……."

실장님은 너무 놀라 말을 잇지 못한다. 이 상황이 믿기지 않는다는 듯 핫팩 통에 직접 손을 대 본다. 우리는 불안한 눈빛을 교환했다.

불행 중 다행히도 두 개의 핫팩 통 중 나머지 하나는 전원이 켜져 있어 제대로 작동하고 있었다. 최악은 면했지만 여전히 비상은 비상이다. 핫팩 통 하나에 들어 있는 핫팩은 고작 20여 개. 오전에만 수십 명의 환자가 밀어닥칠 게 분명한데 턱없이 모자란다. 핫팩이 완전히 데워지려면 족히 30분은 걸리건만 병원이 문을 여는 시간은 이제 5분도 채 안 남았다. 속이 바짝 탄다.

나와 실장님은 부산히 움직이기 시작했다. 일단 꺼져 있던 핫팩 통의 전원을 켜고 온도를 최대한으로 올렸다. 긴 잠에서 깨어난 핫팩 통이 윙 소리를 냈다. 우리는 뜨겁게 데워져 있는 핫팩들을 모두 꺼내 커버를 씌웠다.

핫팩은 물리치료에서 빼놓을 수 없는 도구다. 환자분에 따라 조금씩 다르긴 하지만 많은 경우 물리치료를 시작할 때 먼저 핫팩을 아픈 부위에 댄다. 그렇게 20~30분 정도 지난 다음에 전기치료나 레이저치료, 운동치료 등으로 이어 간다. 핫팩으로 열을 가하면 통증이 줄어들고 혈액 순환이 용이해지고 근육이 이완되는 효과가 있다. 일반적으로는 찜질이라 하고 전문 용어로는 '표층열 치료'라고 부른다. 이토록 중요한 핫팩이니 항상 뜨겁게 유지해야 하는 것은 물리치료사의 기본이다. 물리치료사가 핫팩 통의 전원을 꺼 놓았다는 것은 옛적에 며느리가 아궁이의 불씨를 꺼트린 것과 같다고나 할까.

다행히도 재빨리 판단을 내리고 움직인 덕분에 환자분들에게 미지근한 핫팩을 드리는 사태는 피할 수 있었다. 지금도 그때를 떠올리면 모골이 송연해진다. 그 후로 토요일에 청소를 마치고 퇴근할 때마다 행여 핫팩 통의 전원이 꺼져 있지 않은지 두 번 세 번 확인한다.

만약 그날 사태를 수습하는 데 실패했다면 어떻게 되었을까. 미지근한 핫팩에 실망한 어르신들의 원망스러운 눈길이 쏟아졌을 것이다. 어르신들의 핫팩 사랑은 1년 365일 내내 지극하기 때문이다. 한여름도 예외가 아니다. 다음 치료로 넘어가기 위해 핫팩을 치울 때면 아쉬워하는 분들이 많다. 좀 더 두라고 사정하는 분, 더 가지고 있겠다고 우기는 분, 심지어 역정을 내는 분도 있다.

"왜 빼? 왜?"

"찜질 시간 다 돼서요. 기계 치료 받으실 차례예요."

"아니, 핫팩이 아직도 이렇게 뜨뜻한데. 그냥 둬요."

"핫팩을 너무 오래 하시면 오히려 안 좋을 수 있어요. 기계 치료를 할 때 방해가 될 수도 있고요."

"그냥 두라니까. 내가 찜질하는 맛에 여기 오는데."

"아버님, 그래도……."

"왜 이렇게 빡빡해. 그냥 두라면 둬요, 좀!"

조금이라도 더 오래 핫팩의 온기를 받고자 하는 마음을 물리치료사라고 왜 모를까. 하지만 핫팩은 조심해서 사용해야 한다. 한 부위에 너무 자주 너무 오래 핫팩을 대면 피부에 색소 침착이 일어날 수도 있고, 잘못하면 화상을 입을 수도 있다. 그래서 상처나 피부 질환이 있는 부위는 통증이 있더라도 핫팩을 대지 않는 편이 낫다. 또 병원 입장에서는 환자분들이 핫팩을 오래 붙잡고 있을수록 전체 치료 시간이 늘어나고 결국 대기가 길어진다는 문제도 있다.

핫팩 시간은 한정되어 있으니 환자분들은 다른 방법으로 아쉬움을 해결하기도 한다.

"어? 어머님, 왜 핫팩을 네 개나 하고 계세요?"

잠시 다른 베드에 다녀온 사이 환자분의 양쪽 팔, 한쪽 무릎, 배에 각각 핫팩이 올려져 있었다. 마치 핫팩 갑옷을 입은 듯한 모양새다. 깜짝 놀란 내 물음에 옆 베드에서 대답이 들려왔다.

"내가 줬어요. 나는 이제 다른 치료 중인데 내 핫팩이 아직 뜨뜻하길래 그 아줌마 더 하라고 덮어 줬지."

옆 사람 것까지 네 개의 핫팩을 올린 환자분은 벌게진 얼굴에 땀을 주룩주룩 흘리면서도 무척 만족스러운 표정이다.

"지글지글하니 너무 좋네. 고마워요."

친구 사이인가 했는데 알고 보니 두 분은 이날 처음 만났다고 한다. 오고 가는 핫팩 속에 싹트는 이웃의 정. 이것도 다 핫팩의 마력이 아닐까.

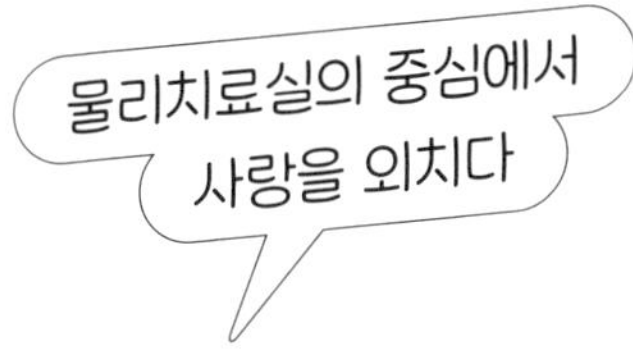

점심시간이 지나 오후 타임이 시작되자마자 환자분들이 줄줄이 들어온다. 자리 전쟁이 치열하다. 어느새 남은 베드는 딱 하나뿐. 그때 할머니 한 분이 들어왔다.

"나 얼른 물리치료 받아야 돼요. 우리 손주 학교 끝나는 시간에 맞춰서 데리러 가야 돼서 시간이 없어요."

이 물리치료실은 여러 공간으로 나뉘어 있고 각 공간마다 베드가 두 개씩 짝을 이루고 있다. 딱 하나 남은 베드의 옆에는 어느 할아버지가 누워 한창 물리치료를 받는 중이었다.

"어머님, 여기 옆에 아버님 한 분이 계신데 그래도 괜찮으실까요? 가운데에 가림막 커튼을 쳐 드릴게요."

굳이 이렇게 묻는 데는 다 이유가 있다. 베드가 하나만 남은 상황이라면 다른 사람에게 뺏길세라 잽싸게 누울 것 같지만 그렇지 않다. 60대 이상 어머님들 중에는 옆 베드에 남자 환자가 있으면 눕기를 꺼리는 분들이 있다. 베드와 베드 사이를 커튼으로 가려 드린다고 해도 한사코 싫다 한다. 요즘 세상에 남녀칠세부동석이 웬 말인가 싶지만 이런 어머님들이 꽤 많다.

할머니는 선뜻 대답하지 못하고 못마땅한 표정을 지었다. 물리치료사는 환자분의 취향이 어떻든 마음 편하게 해 드리는 것이 우선이다. 불편한 자리에 누우라고 재촉할 수는 없다.

"그럼 좀 이따 다른 자리가 나면 안내해 드릴까요?"

"아유, 나 빨리 가야 하는데……."

할머니는 머뭇머뭇하다가 큰 결심을 한 듯 말했다.

"어쩔 수 없지요. 여기 누울게요."

이상하게도 남녀칠세부동석은 어머님들에게만 해당되는 것인지, 아버님들은 옆 베드에 여자가 눕든 남자가 눕든 전혀 상관하지 않는다. 그래도 예의상 옆 베드의 할아버지에게도 양해를 구했다.

"아버님, 여기 어머님이 옆에 들어오셔도 괜찮을까요?

커튼은 쳐 드릴 거예요."

"나도 괜찮아요. 어서 누우시라고 해요."

할아버지가 차분한 목소리로 대답했다. 평소에도 항상 점잖은 태도로 물리치료사들을 대하는 분이었다. 할머니가 불편해하는 상황에서 그나마 다행이다 싶었다.

커튼을 사이에 두고 양쪽에서 할머니와 할아버지가 물리치료를 받는 상황. 할머니의 마음을 편하게 해 주기 위해서였을까. 할아버지가 말을 걸었다.

"여기 자주 오세요?"

"아니요. 다닌 지 얼마 안 됐어요."

"다른 데 다니다가 옮기셨나 봐요."

"얼마 전에 이 근처로 이사 왔거든요. 아들 부부가 맞벌이라 손주 봐 주려고요."

"저는 여기 산 지 30년이 좀 넘어요. 이 뒤편에 있는 아파트 단지에 살아요."

"어머, 저도 거기 사는데."

할아버지 옆에 눕는 것도 꺼리던 할머니지만 이야기가 길어질수록 말투가 부드러워진다. 할아버지의 배려가 전해졌나 보다.

"잘 이사 오셨어요. 여기가 단지는 좀 낡았어도 살기 좋지요. 주변에 병원도 많고 시장도 가까워요."

"저는 아직 이 동네를 잘 몰라요. 아는 사람도 없고."

"저런, 많이 답답하시겠어요. 궁금한 거 있으면 저한테 물어보세요."

서로 일면식도 없던 두 분의 대화는 물리치료를 마칠 때까지도 끝나지 않았다. 두 분은 계속 대화를 이어 가며 함께 물리치료실을 나섰다.

알고 보니 두 분 모두 사별하고 오랫동안 혼자 지내 왔다는 공통점을 가지고 있었다. 그 후로 두 분은 종종 물리치료실에서 마주칠 때마다 반갑게 인사를 나누었다. 그러다 언제부터인가 병원 밖에서도 따로 만나기 시작했다. 병원 앞 추어탕집에서 점심 데이트를 하는 두 분을 마주친 적도 있다. 이제 두 분은 물리치료실에서 일부러 한 공간 안에 나란히 누워 치료를 받는 사이가 되었다. 굳이 커튼으로 가릴 필요도 없이.

아무래도 물리치료실을 찾는 환자분들 중에는 나이 지긋한 어르신이 많은데 노부부가 사이좋게 함께 오기도 한다. 서로 아픈 부분을 챙겨 주는 모습을 보면 수십 년 세

월을 거치며 더욱 깊어진 사랑이 느껴진다. 그런데 완숙한 사랑과는 또 다른, 봄날처럼 풋풋한 사랑의 시작을 목격하게 되다니. 내가 다 설레는 기분이었다.

그런가 하면 〈하트시그널〉, 〈환승연애〉 같은 짝짓기 프로그램에 나올 법한 현란한 연애 고수를 만나기도 한다. 두 손을 맞잡고 오붓하게 물리치료실을 찾는 70대 할머니와 할아버지가 있었다. 그러다 한동안 안 보이는가 싶었는데 몇 주 만에 다시 물리치료실에서 마주쳤다.

"안녕하세요. 오늘도……."

으레 그랬듯 '오늘도 두 분이 같이 오셨네요'라고 말하려다가 멈칫했다. 할머니는 그대로인데 할머니와 손을 잡고 있는 할아버지는 다른 사람으로 바뀌어 있었다. 비유의 의미가 아니라 실제로 아예 다른 사람. 나중에 데스크 담당 직원에게 들으니 이 할아버지는 첫 방문이라며 새로 등록했다고 한다. 그렇다. 할머니는 남자 친구를 데려온 것이다. 이전 할아버지도 새로운 할아버지도 남편이 아니라 남자 친구였다. 당황해서 서로 눈길을 주고받는 물리치료사들은 아랑곳없이 할머니는 당당하기만 하다. 하긴 연애하다 헤어지고 새로운 인연을 만나는 것은 자연스러운 일이니 당당하지 않을 이유가 없다. 할머니는 새 남자 친구와도 한 공간에 나란히 누워 물리치료를 받았다.

그러기를 몇 달. 이제 이전 할아버지는 일절 생각나지 않을 정도로 새로운 할아버지의 존재에 익숙해졌다. 그러다 또 두 분의 발길이 끊겼다. 혹시 이번에도? 얼마 후 할머니는 세 번째 할아버지와 함께 나타났다. 역시나 손을 꼭 잡고.

그 후로도 할머니의 남자 친구는 여러 번 바뀌었다. 아무래도 할머니의 연애 스타일은 짧고 부담 없는 만남을 선호하는 쪽인가 보다. 70대 이상만 출연하는 짝짓기 프로그램이 생긴다면 꼭 출연해 보시라고 권하고 싶다. 다른 할아버지 출연자들을 다 후리실 텐데.

차마 이것까지 사랑이라 하기는 뭐한 경우도 있었다. 중년의 커플이 함께 물리치료실에 들어오길래 물었다.

"두 분이 부부세요?"

"네, 네."

"그럼 한 공간에 같이 눕게 해 드릴까요? 아니면 따로 누워도 괜찮으세요?"

이렇게 묻는 이유는 굳이 한 공간을 고집하지 않는 부

부가 더 많기 때문이다. 나란히 자리가 날 때까지 기다리기보다는 따로따로 빨리 치료를 받고 나가기를 선호하는 것이다. 어차피 집에서 매일 보는 사이니까. 하지만 이 커플은 달랐다.

"같이 눕게 주세요."

두 분은 그날도 그날 이후로도 꼭 한 공간에 나란히 눕기를 고수했다. 부부 사이가 유난히 다정한가 보다 생각했다. 그러던 어느 날. 두 분은 이번에도 역시나 한 공간에 함께 누워 있다가 물리치료실을 나섰다. 마침 안으로 들어서던 다른 환자분이 그 모습을 빤히 쳐다보았다. 무언가 못마땅한 듯한 눈빛이었다.

환자분은 함께 온 지인과 한 공간에 누웠다. 그러고는 큰 소리로 말을 꺼냈다. 물리치료실 안에 있는 사람들이 다 들으라는 듯.

"허 참, 기가 막혀. 부끄러운 줄도 모르고."

"갑자기 왜? 뭐가?"

"우리 들어올 때 막 나가던 인간들 말이야, 남자놈이 내 친구 남편이야. 나랑도 알고 지낸 게 몇십 년인데 모르는 척을 하대."

"그래? 그럼 저 여자는 누군데?"

"누구긴 누구야, 불륜녀지. 무슨 운동 모임에서 눈이 맞아 가지고는 남자놈이 아예 집을 나가 버렸다니까."

"세상에! 아주 개XX구먼!"

"그런 것들이 이런 데서 당당하게 부부 행세를 하네. 천벌받을 일이지, 암."

진실을 알았을 때의 그 충격이란! 두 분이 유난히 다정했던 것이 부부이기 때문이 아니라 불륜 커플이기 때문이었다니. 그래도 최소한의 민망함은 있었던 것일까. 그날 이후 그 불륜 커플은 다시는 물리치료실에 나타나지 않았다. 어쩌면 자신들의 정체를 전혀 모르는 다른 병원에서 또 함께 물리치료를 받고 있을지도 모르겠다.

아픈 몸을 치료하는 곳이라는 특수성 때문일까. 물리치료실은 어르신들의 사랑이 피어나는 장소가 되곤 한다. 그래도 부디 불륜만큼은 보지 않았으면 하는 바람이다. "사랑에 빠진 게 죄는 아니잖아!" 하고 외치신다면 "네, 그건 죄 맞습니다"라는 대답을 돌려주고 싶다.

원장님이 환자분과 함께 물리치료실로 들어왔다. 드문 일이다. 평소 원장님은 진료실에서 환자를 보느라 바쁘고 물리치료 지침은 차트를 통해 전달하니까. 도대체 어떤 특별한 환자이길래?

원장님 옆에는 부부로 보이는 두 사람이 서 있었다. 다리가 불편한지 목발의 일종인 크러치를 하고 있는 키 크고 건장한 남편, 그리고 그런 남편을 부축하고 있는 아내. 특이 사항이라면 남편이 옅은 푸른 눈에 옅은 갈색 머리의 소유자, 즉 외국인이라는 것이었다.

"여긴 미국에서 오신 브래드 씨예요. 무릎 쪽 연골 수술을 받고 다리 전체적으로 캐스트를 하셨다가 엊그제 오프한 상태예요."

쉬운 표현으로 바꾸자면 깁스를 했다가 제거했다는 의미다. 한쪽 다리 전체에 깁스를 할 정도면 어지간히 크게 다쳤나 보다.

"그래서 기본 물리치료와 근력 운동이 필요해요. 근데 브래드 씨가 한국말을 아예 못 하세요."

물리치료를 받으러 오는 외국인들을 가끔 만난다. 대개는 한국어를 어느 정도 할 줄 안다. 나보다도 한국어를 잘하다 싶은 외국인도 있다. 설사 한국어를 한 마디조차 못 한다 해도 그리 난감하지는 않다. 간단한 치료인 경우가 대부분이다 보니 딱히 언어 장벽을 느낀 적이 없다. 그런데 브래드 씨는 재활을 위해 적어도 두 달은 물리치료실을 다녀야 하는 상황. 말이 전혀 통하지 않는 환자를 데리고 복잡한 재활 과정을 두 달이나 진행해야 한다니. 물리치료사들 사이에 긴장이 감돌았다.

그때 실장님이 내 등을 슬쩍 밀며 눈짓을 했다.

"왜요, 실장님?"

"남 선생이 브래드 씨를 맡아서 해."

"네? 제가요?"

"우리 중에 제일 젊은 남 선생이 영어가 가장 낫지 않겠어?"

실장님은 웃는 얼굴로 사근사근 말하지만 내 등을 떠미는 손길은 단호했다.

요즘이야 영어 유치원이네 4세 고시네 하며 아주 어릴 때부터 영어를 배우느라 난리다. 하지만 우리 세대는 중학교에 입학하며 영어를 처음 배우는 것이 일반적이었다. 중고등학교 시절 나는 영어를 잘하고 싶어 외국 친구들과 펜팔을 했다. 지금은 추억 속으로 사라진 학생 잡지에서 신청할 수 있었다. 독일, 미국, 영국, 인도, 일본, 중국, 태국 등 여러 나라의 청소년들과 편지를 주고받으며 영어로 대화를 나누었다. 대학생이 되어서는 배낭여행으로 해외를 돌아다니며 서바이벌 영어를 익혔다. 어학원도 꾸준히 다녔다. 그 덕분에 유창한 정도까지는 아니라도 영어에 웬만큼은 자신이 있었다.

그럼에도 막상 물리치료 용어를 영어로 말하려니 당황스러웠다. 그리 열심히 영어를 공부하면서 정작 이런 상황은 상상해 본 적도, 연습해 본 적도 없었던 것이다.

어쨌거나 누군가는 브래드 씨를 담당해야 하고 실장님의 지시를 어길 수도 없는 일. 옆에 있는 아내분이 통역

해 주실 테니 괜찮겠지 싶었다. 일단 브래드 씨를 베드로 안내했다.

"Hi, my name is Kiran Nam. I am a physical therapist. (안녕하세요. 제 이름은 남기란이에요. 저는 물리치료 사입니다.)"

"Hi, I'm Brad. (안녕하세요. 저는 브래드예요.)"

괜스레 평소보다 목소리를 높여 쾌활하게 인사한 것까지는 좋았는데 다음에 할 말이 떠오르지 않았다. 바로 한국어로 전환했다.

"앞으로 핫팩, 전기치료, 운동치료를 하실 거예요. 핫팩은……."

치료 과정을 설명하면서 아내분에게 통역해 달라는 눈빛을 보냈다. 한국어로 설명해도 되니 다행이긴 한데 한편으로는 아쉬웠다. 내가 그동안 영어에 쓴 시간이 얼마인데! 설명을 마친 다음 슬그머니 다시 영어를 꺼냈다.

"It will take an hour and a half. (한 시간 반이 걸릴 거예요.)"

"Okay. (좋습니다.)"

"How many times a week can you come in? (일

주일에 몇 번 오실 수 있어요?)"

"Three times. (세 번이요.)"

"Alright. First, I'll bring you two hot packs. If they are too hot, please let me know. (알겠어요. 먼저 핫팩 두 개를 가져다 드릴게요. 너무 뜨거우면 알려 주세요.)"

이렇게 적으니 내가 문법적으로 완벽한 영어를 말한 듯 보이지만 사실 이 문장들은 챗GPT의 도움을 받아 고친 것이다. 실제로 내 입에서 나온 영어는 완벽과는 거리가 있었다. 엉뚱한 관사를 넣기도 하고 복수형을 빼먹기도 했던 것 같다. 어쨌거나 브래드 씨가 알아듣긴 했으니 이 정도면 실장님의 기대에 부응한 셈이 아닌가.

물리치료실에 들어올 때만 해도 불안한 눈빛이었던 브래드 씨는 내 설명을 들으며 한결 안정된 듯했다. 깁스를 제거한 지 얼마 되지 않았다는 점을 감안해 발목과 무릎을 천천히 움직이는 가벼운 운동으로 물리치료를 시작했다.

첫날은 그렇게 지나갔다. 두 번째 방문 때도 비슷했다. 그리고 세 번째 방문. 아내분 없이 브래드 씨 혼자 덜렁 물리치료실에 나타났다.

"Where is your wife? (아내분은 어디 있어요?)"

"It's just me today. (오늘은 저 혼자 왔어요.)"

오 마이 갓! 나와 브래드 씨 단둘이서만 물리치료를 하는 그 시간이 어찌나 천천히 흐르던지. 영어 표현이 금방 떠오르지 않아 말문이 막히기 일쑤였다. 그럴 때마다 내 입술은 바싹바싹 마르고 내 눈빛은 방향을 잃은 채 흔들렸다. 오히려 침착한 사람은 브래드 씨였다. 떠듬떠듬 답답하게 이어지는 내 설명을 주의 깊게 듣고 아주 간단한 대답조차 천천히 또박또박 말했다. 무사히 물리치료를 마칠 수 있었던 것은 순전히 브래드 씨 덕분이었다.

그렇게 일주일에 세 번 30분씩 이루어진 브래드 씨와의 일대일 영어 회화. 그 효과는 실로 놀라웠다. 어느새 영어로 설명하는 것이 익숙해져 입을 열면 술술 나왔다. 그러다 보니 브래드 씨와 일상적인 대화도 자연스럽게 나누게 되었다.

"Hey, Brad! How are you? (브래드 씨, 잘 지내요?)"

"I'm great. (아주 잘 지내요.)"

"What did you do last weekend? (지난 주말에 뭐 했어요?)"

"I went to see a movie about the Beatles. (비틀 즈에 대한 영화를 보러 갔어요.)"

"Oh, I like the Beatles too. (와, 저도 비틀즈 좋아해요.)"

브래드 씨는 190센티미터에 육박하는 키에 100킬로 그램이 넘는 몸무게의 소유자. 간단한 마사지를 하는 데도 힘이 많이 들어갔고, 운동치료를 위해 한쪽 다리를 들고 접었다 펴기를 반복하다 보면 더욱 힘이 부쳤다. 나도 나름 꽤 근력이 있다고 자부하건만, 브래드 씨의 물리치료가 끝나고 나면 진이 디 빠저 풀썩 주저앉기 일쑤였다. 그럼에도 브래드 씨가 오는 시간이 은근히 기다려졌다. 물리치료의 고단함보다도 영어가 조금씩 느는 재미가 더 컸나 보다.

어느덧 브래드 씨의 재활이 마무리되는 날이 왔다. 마침 크리스마스 시즌이었다. 오랜만에 아내분과 함께 온 브래드 씨의 손에는 크리스마스카드와 포인세티아 화분이 들려 있었다. 그동안 감사했다는 인사와 함께 브래드 씨 집에서 여는 크리스마스 파티에 초대를 받았다. 하지만 나는 화분만 받겠다며 정중히 거절했다. 환자나 그 가족과 사적으로 너무 가까워져서는 안 된다고 생각했기 때문이다. 물리치료사라면 응당 그래야 한다고 여겼다. 틀린 생각은 아니긴 하다. 하지만 나이도 경력도 더 많아진 지금 되돌아보면, 그 정도는 받아들여도 괜찮았을 텐데 하는 아쉬움이 든다.

얼마 되지 않아 나는 다른 병원으로 옮기게 되었다. 이전 병원에서 그리 멀지 않은 곳이었다. 이직하고 몇 달 후 핸드폰에 낯선 번호가 떴다.

"여보세요."

"Hello. Is this Kiran? It's Brad." (여보세요. 기란 씨인가요? 저는 브래드예요.)

브래드 씨와는 개인적으로 연락처를 주고받은 적이 없었던 터라 목소리를 듣고 반가우면서도 깜짝 놀랐다. 알고 보니 브래드 씨가 이전 병원에 간곡히 부탁해서 내 연락처를 알아낸 것이었다. 물리치료가 더 필요한 것 같은데 꼭 내게 받고 싶었다고 한다. 브래드 씨는 내가 이직한 병원까지 찾아왔고 우리의 물리치료 겸 영어회화가 다시 시작되었다. 그러기를 반년. 브래드 씨는 건강해진 다리로 가족과 함께 미국으로 떠났다.

이제는 진짜로 못 보게 되는구나 했는데 몇 년이 지난

어느 날, 길을 가다 우연히 브래드 씨와 마주쳤다. 우리는 서로의 근황을 확인하느라 긴 수다를 나누었다. 브래드 씨는 미국에서도 계속 병원을 다녔는데 현지 의사에게 한국에서 받은 재활치료 결과가 아주 훌륭하다는 칭찬을 들었다고 했다. 그사이 태어난 귀여운 아기의 사진도 보여 주었다. 아빠와 엄마를 반씩 똑 닮은 모습이 어찌나 사랑스럽던지.

내가 브래드 씨의 다리를 재활해 주었다면 브래드 씨는 내 영어를 업그레이드해 주었다. 브래드 씨, 땡큐 쏘 머치!

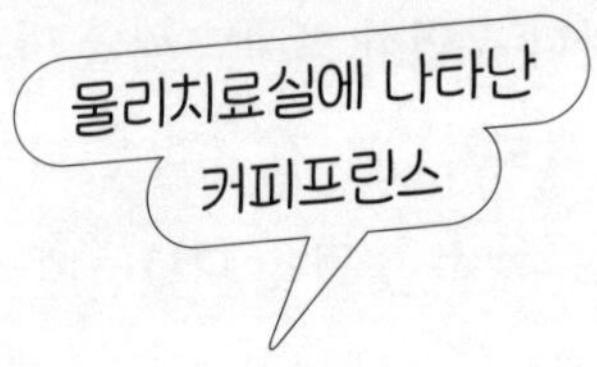

대전 시내 한복판에 위치한 정형외과에서 일한 적이 있다. 물리치료사는 실장님과 나, 이렇게 둘이었다. 입사한 지 며칠 되지 않았을 때의 일이다. 남자 환자 한 분이 물리치료실에 들어오다가 나를 보더니 대뜸 말했다.

"오호, 새로운 선생님이네. 언제 왔어? 이름이 뭐야?"

마치 20년 차 부장님이 신입 아르바이트생을 대하는 듯한 말투. 내가 뭐라 대답하기도 전에 실장님이 끼어들었다.

"오셨어요? 여긴 어제부터 출근 시작한 남기란 물리치료사예요."

환자분을 베드로 안내해 드리고 핫팩을 준비하는데 실장님이 다가와 설명해 주었다. 트럭에서 뛰어내리다가 발목이 골절되는 바람에 입원해 있는 30대 후반의 환자인데 금세 모든 병원 직원과 친해졌다고 한다. 급기야 식당 조리사님들의 마음까지 사로잡아서 먹고 싶은 간식을 당당히 요구한다나. 그야말로 초인싸이자 대문자 E의 소유자인 것.

핫팩을 올려 드리고 나니 환자분이 내게 손짓을 했다.

"왜요? 어디 불편하세요?"

"아니, 그런 게 아니고. 새로 오셨는데 내가 커피 쏴야지. 여기 선생님 한 잔, 실장님 한 잔."

어르신 환자분들에게 이런저런 선물을 받은 적은 많지만 즉석에서 커피를 사겠다는 제안은 처음이었다. 머뭇거리고 있는 사이 실장님의 대답이 들려왔다.

"저는 블랙이요."

"오케이. 여기 선생님은 블랙파야, 믹스파야?"

"어…… 믹스요."

"오케이!"

환자분은 곧바로 어딘가 전화를 걸었다. 이게 무슨 상황인가 싶어 실장님에게 가서 물었다.

"웬 커피래요?"

"원래도 자주 커피 시켜 주셔. 커피 오면 마시면 돼."

지금이야 어떤 음식이든 배달시킬 수 있는 세상이지만 그때는 배달 어플이란 것이 존재하지조차 않았다. 그러니 커피가 온다는 말이 영 어색하게만 들렸다. 그로부터 10분 후.

"여기 커피 두 잔 맞죠?"

물리치료실 입구에서 하이톤의 간드러진 목소리가 들렸다. 진한 화장에 짧은 치마, 물리치료실과는 도통 어울리지 않는 차림의 여성이 보자기에 싸인 무언가를 든 채 서 있었다. 베드에 누워 있던 환자분이 말했다.

"왔어? 물리치료사님들한테 한 잔씩 드려."

여성은 익숙한 태도로 물리치료실 한쪽 탁자 위에 보자기를 착착 펼쳤다. 안에서 나온 것은 커피포트와 커피잔, 소서 그리고 티스푼이었다. 여성은 커피잔에 커피를 따라 어리둥절해하는 내게 건넸다.

"언니, 마셔. 우리 커피 맛있어."

나보다 훨씬 언니 같으신데 하고 생각하면서 두 손으로 커피잔을 받았다. 호호 불어 가며 조심스럽게 마셨다. 평소에 종이컵에 담아 마시던 커피믹스 봉지의 인스턴트 커피보다 어쩐지 더 고급스럽게 느껴지는 맛이었다. 환자 분은 그런 내 모습을 뿌듯해하며 바라보았다.

알고 보니 이 여성은 근처 다방의 종업원. 병원 직원 이나 입원 환자의 전화 주문을 받고 배달 오는, 이 병원의 유명 인사였다. 배달이 활성화되지 않은 그 시절 지방 도 시의 시내에는 이런 식으로 운영하는 다방들이 존재했다. 시내에서 일하는 것이 처음인 나는 이 모든 상황이 신기 하기만 했다.

며칠 후 대학 동기들과의 저녁 모임이 있었다. 이 일 을 들려주니 한 친구가 말했다.

"커피프린스네!"

꽃미남 바리스타가 여럿 등장하는 드라마 〈커피프린 스 1호점〉이 한창 인기리에 방영되고 있었다. 그 환자분 은 우리 동기들 사이에 '커피프린스'라는 별명으로 불리 게 되었다. 비록 외모는 드라마 속 꽃미남들과 거리가 멀 었지만. 커피프린스 님은 그 후로도 한동안 수시로 다방 커피를 배달시키다가 모든 병원 직원의 인사를 받으며 퇴원했다.

그리고 그로부터 십수 년이 흐른 어느 날 새로운 커피

프린스가 물리치료실에 나타났다.

점심시간이 지나 한창 환자분들이 몰리는 시간. 병원 앞에 위치한 작은 카페의 사장님이 들어왔다. 테이크아웃 컵 네 개가 담긴 커피 캐리어를 든 채. 카페 사장님의 꾀꼬리 같은 목소리가 물리치료실에 울렸다.

"금호 오빠! 금호 오빠 어디 계세요?"

물리치료실에 웬 오빠? 그 주인공은 다름 아닌 매일 이 시간이면 찾아오는 김금호 할아버지였다.

"금호 오빠가 우리 물리치료사 언니들이 너무 잘해 준다고 커피 쐈어. 서비스로 옛날 과자도 가져왔지."

뜻밖의 선물에 물리치료사들 모두 깜짝 놀랐다. 우리는 베드에 누워 있는 김금호 할아버지에게 "잘 먹겠습니다" 하고 감사 인사를 했다. 우리 중 가장 나이 많은 물리치료사는 카페 사장님의 말투를 흉내 내며 말했다.

"금호 오빠, 잘 먹을게요!"

평소 말씀이 별로 없이 조용한 김금호 할아버지는 그저 씩 웃기만 했다. 이런 분이 병원 앞 카페에서는 금호 오빠로 통한다니.

그 후로도 병원 앞 카페의 배달이 종종 이어졌다. 배

달 라이더의 존재가 익숙해진 시대지만 카페 사장님은 직접 가져다주기를 고수했다. 어떤 날은 과일 에이드, 또 어떤 날은 아이스 바닐라라떼, 종류도 다양하게. 메뉴는 달라져도 금호 오빠를 다정하게 부르는 목소리는 늘 함께였다.

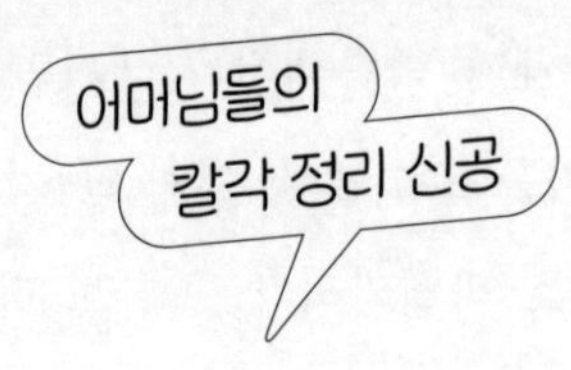

"어머님, 이 기기에 불이 꺼지면 다 된 거니까 일어나서 가시면 돼요. 5분쯤 있다가 꺼질 거예요."

"응, 그래."

베드에 누워 있는 환자분은 80대 할머니. 여기저기 쑤신다고는 하지만 평소 혼자 걸어서 물리치료실에 올 만큼 정정한 분이다. 잠시 다른 환자분을 보다가 이제는 할머니가 떠났으려니 하고 베드를 정리하러 돌아왔다. 그런데 할머니는 아직도 있었다. 베드 옆에 선 채 무언가 열심히 하면서.

"어머님, 지금 뭐 하세요?"

"정리해 주려고."

할머니는 자신이 누워 있던 베드와 그 주변을 깨끗하

게 정리하고 있었던 것이다.

"아유, 이런 건 저희가 할 일이에요. 어머님은 그냥 가시면 돼요."

"왜 그냥 가? 내 자리는 내가 정리하고 나와야지."

"팔 아프시다면서요. 그대로 두고 나오세요."

"내가 한다니까. 거의 다 했어."

아무리 만류해도 할머니는 기어이 베드 정리를 다 마치고서야 발걸음을 옮겼다. 할머니가 떠난 자리를 보니 한눈에도 깔끔함이 빛났다.

"어머님, 힘드니까 다음엔 그러지 마세요."

"물리치료사님들이 더 힘들잖아. 집에서 살림하랴, 애들 키우랴. 이런 건 내가 도와줄 수 있어."

할머니의 행동에 이렇게 깊은 뜻이 있었다니. 할머니 눈에는 물리치료사들이 딸처럼 보였나 보다.

의료 행위를 하는 장소인 만큼 물리치료실은 깨끗해야 한다. 그래야 환자분들도 안심하고 몸을 맡길 수 있다. 미처 정리하지 않은 베드에 환자분을 눕힌다면 물리치료사로서 창피한 일이라는 것이 내 신념이다. 환자분이 바뀔 때마다 베드에 깨끗한 패드를 새로 까는 것은 물론이고, 물리치료가 끝난 후에는 핫팩이며 베개며 전기치료기며 스펀지까지 깨끗하게 싹 소독해서 새로 준비한다. 환자분들이 치료를 끝내고 떠난 베드의 모습은 가지각색이다. 환자복, 핫팩, 수건, 이불 등이 여기저기 제멋대로 널부러져 있기도 하고, 한데 둘둘 말려 있기도 하고, 한쪽으로 치워져 있기도 하다. 때로는 휴지, 비닐, 과자 봉지 같은 쓰레기가 뒹굴고 있기도 하다.

그런데 베드가 유독 깨끗한 경우가 있다. 60대 이상 어머님들이 누워 있던 자리다. 물품들을 단정하게 놓아두는 것은 기본이요, 웬만한 물리치료사보다 깔끔하게 정리해 두기도 한다. 수건을 호텔 욕실에서나 볼 법하게 돌돌 말아 놓고, 담요를 각을 맞추어 착착 접어 놓고, 핫팩을 차곡차곡 쌓아 올려놓고, 더 나아가 핫팩 커버를 벗겨 알맹이만 따로 둔다. 이렇게까지 하고도 성이 안 차는지 물리치료실 입구에 있는 핫팩 통까지 직접 가져다주는 분들도 있다. 구부정한 자세로 천천히 걸어가 무거운 핫팩을 영차 올리고는 그제야 허리를 쭉 펴며 뿌듯한 표정을 짓는 어머님. 황송한 마음이 절로 솟는다.

이 어머님들이 어떤 분들인가. 딸로 태어났다는 이

유로 살림 밑천 취급을 받으며 어릴 적부터 집안일을 익혀야 했을 것이다. 자라서는 아내이자 엄마라는 위치에서 온 집안 식구들과 대소사를 챙겼을 것이다. 그러면서도 내 딸만큼은 나처럼 살림만 하며 살지 않았으면 하는 바람에 딸에게는 공부만 시켰을 것이다. 자연히 어머님들 자신은 집안일에서 놓여나지 못했을 것이다. 그런 삶을 살아오셨기에 물리치료실에 와서도 가만히 있지를 못한다. 환자의 입장인데도 기어이 자신의 자리를 깨끗하게 정리해야 마음이 편하다니.

이뿐인가. 어머님들에게 감사한 점은 또 있다. 하루는 손목이 아프다는 어머님이 물리치료를 받으러 왔다.

"손목 주위를 봐 드릴게요. 손을 쫙 펴 보세요. 어, 이게 뭐예요?"

어머님의 손바닥에 있는 것은 네모반듯하게 접힌 종이였다.

"아, 이거? 아까 접수하고 받은 영수증."

"이걸 왜 손에 쥐고 계셨어요?"

"집에 가져가서 버리려고. 가방에 넣는다는 걸 깜빡하고 계속 손에 쥐고 있었네."

"여기 버리고 가셔도 괜찮아요. 제가 버릴까요?"

"아니, 아니. 내 건 내가 가져가서 버려야지."

영수증은 물론이고 음료 캔, 종이컵, 티슈, 심지어 아픈 부위에서 떼어 낸 파스까지 자신이 가져온 쓰레기는 직접 버리려고 한참이나 손에 들고 있는 어머님들. 그냥 물리치료실에 있는 휴지통에 버려도 되는데 그마저도 남에게 피해를 주는 일이라 생각하는 것이다.

어머님들이 가장 자주 하는 말이 있다.

"아유, 고마워."

"너무 고마워서 어쩌나."

"고마워요. 다 고마워."

물리치료를 할 때만 이런 인사를 받는 것이 아니다. 마실 물을 건네 드릴 때도, 화장실 가는 길에 팔을 붙잡아 드릴 때도, 물리치료를 마치고 신발을 꺼내 드릴 때도 연신 고맙다고 인사하신다. 어머님들의 따뜻한 마음쓰씀이 덕분에 내가 하루하루 살아가는구나 하는 생각이 든다. 그래서 나도 더욱 힘주어 말씀드린다.

"저희가 더 감사하죠. 어머님, 감사합니다!"

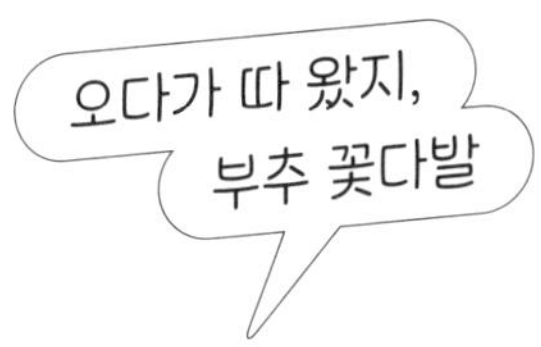

점심을 먹고 돌아와 보니 물리치료실 입구의 탁자에 무언가 놓여 있다. 신문지 뭉치인가 했는데 안쪽으로 초록빛이 언뜻 보인다. 혹시 꽃다발? 가까이 가서 들추어 보고서야 정체를 깨달았다. 부추다.

"내가 오다가 따 왔어."

순서를 기다리며 앉아 있던 할아버지 한 분이 심드렁한 목소리로 말했다. 시골에서 농사를 지으며 일주일에 한 번씩 물리치료를 받으러 오는 분이다.

부여의 정겨운 의원에서는 시골 어르신들의 선물 세례가 일상이었다. 정겨운 의원을 떠나 서울로 향하며 그런 일상과는 영영 이별인 줄 알았다. 그런데 고향인 대전으로 돌아와 일하게 된 병원은 바로 앞에 교외를 오가는 시외버스가 서는 정류장이 있었다. 또 병원 근처에는 제법 큰 시장이 있었다. 그렇다 보니 시골에서 오는 환자분이 꽤 많고, 그중에는 이런저런 선물을 챙겨 주는 어르신도 많았다. 이 할아버지는 직접 키운 야채를 철마다 가져다주는 분이었다.

또 어느 날인가는 할아버지가 들어오면서 역시나 신문지로 둘둘 싼 큼직한 다발 여러 개를 툭 내려놓았다. 그러고는 특유의 무심한 말투로 말했다.

"여기 물리치료사가 네 명이지? 하나씩 가져가."

이번에 나온 것은 상추. 풍성한 상추 다발이 그 어느 값비싼 꽃다발보다도 더 화사하다.

이렇게 제철 야채 선물을 받은 날이면 우리는 퇴근하기 직전에 쪼르르 모여서 사이좋게 나누어 각자 가방에 넣는다. 그러면서 자연히 저녁 메뉴도 정해진다.

"오늘 저녁은 부추전 먹어야겠네요."

"오늘은 상추에 삼겹살 파티예요."

이뿐이 아니다. 어머님들은 한 술 더 떠 집에서 직접 만든 무언가를 바리바리 싸 오신다. 김치, 떡, 술빵……종류도 다양하다.

"우리 물리치료사님들은 젊은데 이런 맛 알려나?"

"와, 도토리묵이네요. 너무 좋아하죠."

"입맛에 맞으려나 싶어서 좀 가져와 봤지."

"어머님이 직접 만드신 거예요?"

"그러엄!"

그 순간 어머님의 눈은 초롱초롱 빛나고 목소리는 신이 난다.

"내가 뒷산에서 직접 도토리 주워다가 만들었지. 아주 제대로 만든 묵이라고. 그래서 맛도 제대로야. 진짜야, 진짜!"

모양도 동그라니 참 예쁜 도토리묵. 어머님이 정성껏 도토리묵을 만드는 모습이 눈앞에 그려진다. 그러다 문득 떠올랐다. 어머님이 물리치료를 받는 이유는 어깨 통증이 아닌가. 그 아픈 어깨로 도토리묵을 만드신 것이다.

"아니, 어머님! 어깨도 아프신 분이 이렇게 정성스레 묵을 만드시면 어떡해요. 힘들지 않으셨어요?"

"힘들긴 뭐. 그냥 하면 되는 거지."

아마도 도시에 나가 사는 아들딸들을 위해 그 수고를 감수했을 텐데 그 와중에도 물리치료사들에게 한 모씩 챙겨 주시다니. 물리치료실 안은 감동의 물결이다.

농사지은 옥수수를 맛나게 쪄서 가져오는 분, 근처 시장 빵집의 도넛과 단팥빵을 싹쓸이해 오는 분, 자식이 운영하는 화장품 가게에서 핸드크림이며 선크림을 쟁여다가 하나씩 건네는 분, 베트남의 휴양지로 칠순 여행을 다녀왔다며 베트남 커피 봉지를 한 아름 안기는 분도 있었다. 꼭 대단하고 특별한 것이 아니라도 무언가 쥐어 주고 싶어 하신다.

"치료 잘해 줘서 고마워요. 손 좀 내밀어 봐요."

"네? 손이요?"

"두 손 모아서 이렇게. 얼른 내밀어 봐요."

어리둥절해하며 말씀대로 하니 어머님은 가방 속에서 생강 사탕을 한 뭉치 꺼내 내 두 손 위에 올려놓았다.

"내가 당 떨어질 때마다 먹으려고 가지고 다니는 건데 여기 선생님들도 하나씩 까 먹어요. 맛있어."

"이렇게 많이 주시면 어머님 가방에는 하나도 안 남는 거 아니에요?"

"집에 가서 또 채우면 되지. 일하다 힘들 때 먹어요."

사탕을 다 내주고도 어머님은 해맑게 웃으며 물리치

료실을 나섰다.

　누군가는 이렇게 말할지도 모르겠다. 어르신들의 수고를 덜어 드리려면 '저희 병원은 마음의 선물만 받습니다. 그 외의 선물은 정중히 사양합니다'라고 크게 써 놓아야 하는 것 아니냐고. 하지만 어떤 선물이든 그 안에 담긴 어르신들의 정성을 생각하면 차마 거절할 수가 없다. 사양하는 말이라도 하면 오히려 서운해하고 아쉬워하는 분들이 우리네 어르신들이다. 어르신들이 바라는 바는 그저 선물을 받은 물리치료사들이 좋아하는 모습을 보는 것이다. 그래서 더욱 환한 표정으로, 더욱 밝은 목소리로 감사 인사를 드리면 그렇게 흐뭇해하신다. 어르신들의 정성 어린 선물들로 물리치료실은 항상 따뜻하다.

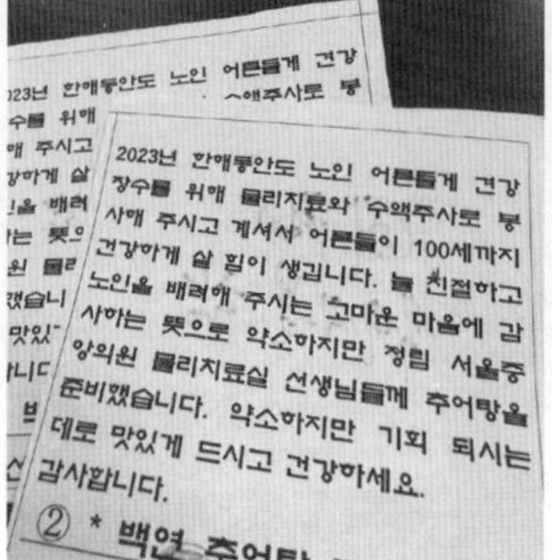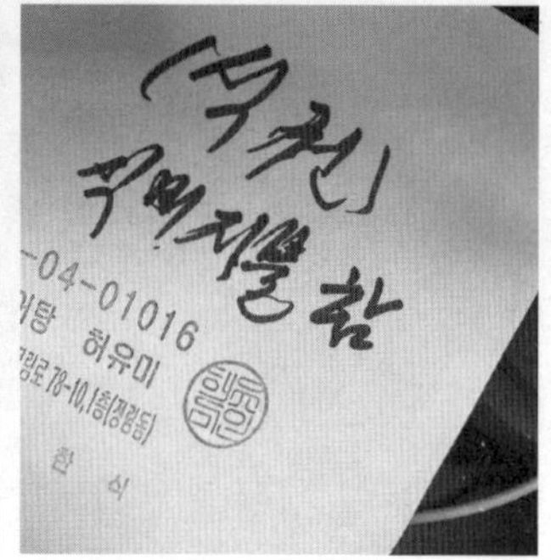

▲ 꼭 함께 다니는 80대 부부 환자분들이 있었다. 어느 날 치료 도중 "너무 감사해서 어쩌나" 하시더니 며칠 후 무언가 내미셨다. 병원 앞 추어탕 식당의 식권이었다. 마음이 담긴 작은 편지와 함께 병원 직원들 모두에게 식권을 돌리신 것. 덕분에 점심에 추어탕 회식을 하게 되었다.

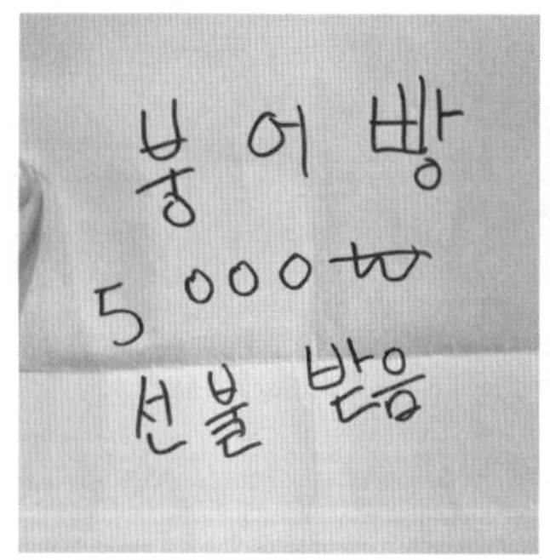

▲ 가을에서 겨울로 접어들 무렵 병원 앞에 붕어빵 리어카가 등장했다. 그러자 단골 환자분이 붕어빵 장수에게 미리 돈을 내고 직접 쿠폰을 만들어 주셨다. "붕어빵을 사 왔는데 치료사님들이 바쁘면 제때 못 먹어서 식을 거 아나. 그러니까 시간 될 때 이거 보여 주고 따뜻한 붕어빵 먹어요." 쿠폰에 꾹꾹 눌러 적은 글씨가 붕어빵보다 더 따뜻했다.

◀ 대전에서 물리치료사로 일하는 것의 최대 장점은 환자분들이 건네는 성심당 빵을 먹을 수 있다는 사실이 아닐까. 배고플 때 딱 맞추어 받은 성심당 튀김소보로로 달달한 시간을 가졌다.

▲ 어르신들에게 받은 제철 과일이나 농산물로 계절의 변화를 느끼곤 한다. 여름이면 옥수수와 포도가, 가을이면 대추와 밤이 등장한다. 어르신들이 직접 농사지어 실하디 실하다. 맛은 당연히 최고!

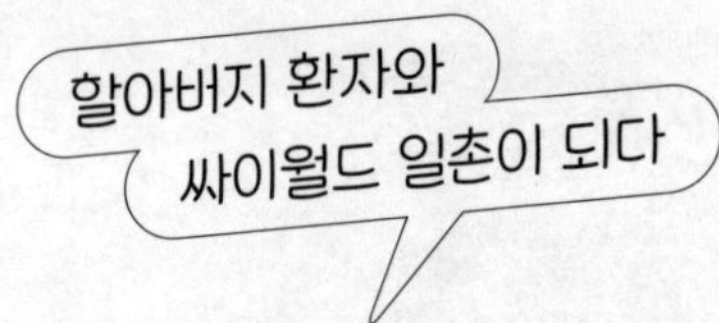

내게는 할아버지가 없다. 친가에도 외가에도 할머니만 계신다. 양쪽 할아버지 모두 내가 태어나기 전에 돌아가셨다. 내게 할아버지란 부모님의 오래된 사진첩 속에서만 만날 수 있는 존재다.

그런 내게 할아버지의 정을 느끼게 해 준 환자분이 있다. 양 할아버지. 양조부를 의미하는 양할아버지가 아니다. 성이 양씨라서 양 할아버지다.

"새로 오신 선생님인가 봐요? 잘 부탁드려요."

처음 만났을 때 양 할아버지는 정중한 말투로 인사를 건네며 온화한 미소를 지었다. 어르신들 중에는 물리치료사에게 반말을 하는 분이 많다. 그렇다고 딱히 기분 나쁘지는 않다. 굳이 상대를 하대하려는 의도가 아니라는 사실을 잘 알기 때문이다. 친근감을 표현하려다 보니 그러는 경우가 대부분이다. 물론 아랫사람을 대하듯 '어이', '거기', '저기'라고 대충 부르며 반말을 찍찍 하는 경우도 있긴 하다. 여자 어르신들 중에는 그런 분이 거의 없는데 남자 어르신들 중에는 종종 있다. 그런데 양 할아버지는 팔순에 가까운 나이에도 물리치료사들을 꼬박꼬박 '선생님'이라 부르며 존댓말을 고수했다.

웬만한 젊은이보다도 훌쩍 큰 키에 양복을 잘 차려 입고 다녀서 워낙 눈에 띄는 분인데 성격도 젠틀하시니 모든 물리치료사가 양 할아버지를 좋아했다. 나도 양 할아버지가 나타나면 얼굴에 저절로 입꼬리가 올라가며 반가운 인사가 나왔다. 양 할아버지에게 물리치료를 해 드릴 때면 이런 이야기, 저런 이야기를 두런두런 나누곤 했는데 내가 무슨 말을 하든 양 할아버지는 허허 웃으며 즐겁게 들어 주셨다.

한번은 마침 여름이라 휴가 이야기가 나왔다.

"남 선생님은 이번 여름휴가 때 어디 가요?"

"저 일본 가요. 언니랑 같이 오사카하고 교토에 가기로 했어요."

“아, 그럼 내가 남 선생님한테 용돈을 줘야겠네요.”

“하하, 무슨 용돈이요. 말씀만으로도 감사해요.”

당연히 농담인 줄 알고 웃어 넘기려고 했다. 그런데 양 할아버지의 표정은 진지했다.

“내가 예전에 오사카에 꽤 오래 있었어요. 그때 돈 열심히 벌어서 한국에 왔지요. 남 선생님이 오사카에 간다고 하니까 집에 둔 엔화가 생각나네요. 여행 잘 다녀오라고 용돈으로 주고 싶어요.”

“그러지 마세요! 제가 환전해 가면 되는데요. 걱정 안 하셔도 돼요.”

손사래를 치며 거절했다. 하지만 양 할아버지는 바로 다음 날 물리치료실에 와서 하얀 봉투를 내미셨다. 봉투 안에 들어 있는 돈은 무려 1만 엔. 우리 돈으로 10만 원이 넘었다. 당시는 지금보다 엔화 환율이 더 높아서 그만큼 더 큰 금액이었다. 기껏해야 동전 정도거나 많아야 1~2만 원일 줄 알았던 나는 깜짝 놀랐다.

“이걸 진짜 주신다고요?”

“오사카라니 반갑기도 하고 옛날 생각도 나서 그래요. 나는 오사카에 다시 갈 일이 없으니까 남 선생님이 나 대신 재미있게 다니면 좋겠어요. 우리 안사람한테 허락도 받았어요. 흔쾌히 그러라고 하던데요.”

아무리 양 할아버지가 괜찮다 해도 이렇게 많은 돈을 받아도 되나 머뭇거리고 있는데 실장님이 말했다.

“남 선생님을 예뻐하셔서 선물 주신 거니까 받아. 여행 다녀오면서 작은 선물 하나 사다 드리면 되지.”

용돈뿐 아니었다. 양 할아버지는 오사카에 살았던 경험을 바탕으로 갈 만한 장소들도 추천해 주셨다. 여행 일정을 짤 때 양 할아버지에게 추천받은 장소들을 넣었고 실제로 그곳들을 모두 즐겁게 다녔다. 양 할아버지의 선물로 오사카에서 유명하다는 과자를 샀다. 여행에서 돌아와 선물을 드리니 양 할아버지는 무척 기뻐하셨다.

“내가 오사카에 있을 때는 일하느라 바빠서 이런 것도 못 먹어 봤는데 남 선생님 덕분에 먹어 보네요.”

“이번에 찍은 사진도 보여 드릴까요? 미니홈피에 올려놨거든요. 양 할아버지도 싸이월드 하세요?”

“싸이월드? 뉴스에서 보긴 했는데…….”

지금이라면 스마트폰을 꺼내 바로 보여 드렸을 것이다. 하지만 당시는 아직 스마트폰이 대중화되기 전으로,

싸이월드가 요즘의 인스타그램이나 페이스북 역할을 하며 대유행하던 시기. 나도 싸이월드 계정이 있어서 미니홈피에 사진도 올리고 친구들과 일촌을 맺어 소통도 하고 있었다. 내가 싸이월드에 대해 열심히 설명하자 양 할아버지는 호기심을 보였다. 며칠 후 내 미니홈피에 새로운 일촌 신청이 왔다. 양 할아버지였다. 노인복지관에서 하는 컴퓨터 활용 강좌에서 싸이월드 사용법을 배워 미니홈피를 개설하신 것이다. 미니홈피 방명록에 양 할아버지의 댓글이 달렸다.

"재미있는 거 알려 줘서 고마워요."

양 할아버지는 노인복지관의 디지털카메라 수업도 열심히 들으셨다. 젊을 때부터 사진에 대해 배워 보고 싶었는데 이제야 소원을 이루신 것이라 했다. 양 할아버지의 싸이월드에는 디지털카메라로 찍은 풍경 사진들, 꽃 사진들이 올라오기 시작했다. 나도 댓글을 달았다.

"사진 너무 멋있어요!"

양 할아버지와 나 사이에는 50여 년이라는 나이 차이가 있었지만 소통에는 전혀 문제가 없었다. 양 할아버지의 댓글을 확인하고 나도 또 댓글을 달다 보면 단지 싸이

월드 일촌이 아니라 진짜 할아버지가 생긴 듯한 기분이
었다.

그렇게 양 할아버지와 싸이월드 일촌으로 십여 년을
소통하며 지냈다. 내가 결혼했을 때와 첫째 아이를 낳았
을 때는 선물도 보내 주셨다. 그러다 일을 쉬고 육아에 집
중하다 보니 연락이 점점 뜸해졌고, 싸이월드의 인기가
저조해지면서 어느 순간부터 소식이 끊겼다. 지금이면 양
할아버지의 연세가 아흔이 넘었을 텐데 건강하게 잘 계
신지 궁금하다. 자신보다 훨씬 어린 사람들도 존중하고,
나이가 들었음에도 항상 새로운 것을 배우고자 하고, 어
떤 일에도 여유로운 마음가짐이 몸에 배어 있었던 양 할
아버지.

양 할아버지, 제게 할아버지의 따뜻한 정을 느끼게 해
주셔서 고맙습니다. 저도 훗날 양 할아버지 같은 모습이
되고 싶어요.

　물리치료실 안에서는 40대 환자면 젊은 축에 속하고 20~30대 환자면 어리다는 소리를 듣는다. 가끔은 진짜로 어린 환자들도 온다. 놀거나 운동하다가 팔다리에 골절상을 입은 아이들이다. 부상 부위를 고정하는 깁스를 제거한 후에 물리치료를 받으려는 것이다. 유치원이나 초등학교에 다니는 어린아이가 물리치료실 안에 있으면 괜시리 공간 전체가 환해지는 기분이 든다. 씩씩하게 치료받는 모습이 참 기특하고 대견하다.

　그런데 하루는 어려도 너무 어린 환자가 등장했다. 잠시 진료 대기실에 나갔다가 돌아온 실장님이 눈빛을 반짝이며 말했다.

　"남 선생, 대기실에 아기가 있네. 봤어?"

“아기요? 환자분이 아기를 데려왔어요?”

“그게 아니고 아기가 환자래. 너무 귀여워.”

잠시 후 정말로 물리치료실에 아기가 들어왔다. 겉싸개에 폭 파묻혀 있는 작디작은 아기. 태어난 지 40일밖에 되지 않았다고 한다. 아기는 단박에 물리치료실의 인기 스타로 등극했다. 물리치료사들과 환자들의 시선이 일제히 아기에게 집중되었다.

“와, 아기다!”

“세상에, 너무 작네!”

“아이고, 어쩌다 아기가 물리치료실에 와 있나.”

“아가야, 무슨 일로 왔니? 여긴 소아과가 아니고 정형외과인데.”

아기는 많은 사람의 관심이 싫지 않은지 울지도 않고 눈동자를 이리저리 굴린다. 그와 대조적으로 아기를 안은 엄마의 표정은 어둡다. 새 생명을 만났다는 기쁨을 온전히 누리기도 전에 아기를 데리고 병원을 찾아야 했으니 엄마의 마음속은 새까맣게 타 있으리라.

아기가 물리치료실에 온 것은 사경 때문이었다. 사경은 목 근육에 몽우리가 있거나 근육이 짧아서 목이 한쪽

으로 기우는 것이다. 태어났을 때부터 기울어 있는 경우
는 선천성 사경, 자라면서 차츰 기우는 경우는 후천성 사
경이다. 이 아기는 소아과에 갔다가 선천성 사경이라는
진단을 받았다고 했다. 선천성 사경은 빨리 치료를 시작
할수록 예후가 좋은 편이다. 문제는 부모가 갓 태어난 아
기를 먹이고 재우느라 정신없이 하루하루를 보내다 보
면 미처 발견하지 못해 치료 시기를 놓치기도 한다는 것
이다. 그러니 아기의 고개가 한쪽으로만 돌아가는지, 시
선이 한쪽으로만 쏠리는지 평소에 주의 깊게 살펴보아야
한다. 치료하지 않고 오랫동안 방치하다 보면 얼굴의 근
육과 뼈가 정상적으로 발달하지 못해 얼굴 모양이 변할
위험이 있다.

　실장님은 능숙한 솜씨로 아기를 안았다. 물리치료사
로서도 엄마로서도 오랜 경력의 소유자이기 때문일까. 반
면 경력도 짧고 아직 결혼도 하지 않은 이십대 물리치료
사인 나는 그토록 작은 아기에게 손을 댄다는 것 자체가
더럭 겁이 났다. 그런데 실장님의 눈이 나를 향했다.

　"우리 아기를 누가 맡는 게 좋을까? 남 선생이 맡아서
해 봐."

“저요?”

“전에 해 본 대로 하면 돼. 잘할 수 있어.”

학교에서 사경 치료에 대해 배운 적이 있었고 대학병원에서 실습을 할 때 사경 치료를 옆에서 지켜본 적도 있었다. 이 병원에도 사경을 가진 아기들이 종종 왔는데 치료를 맡은 실장님의 배려로 나도 일부분 참여해 보았다. 부모님들에게 양해를 구하고 젊은 물리치료사들이 경험을 쌓게 해 준 것이다. 그래도 온전히 내가 전담해서 하는 것은 처음이라 긴장되었다. 하지만 금방이라도 울 듯한 엄마의 얼굴을 보니 차마 긴장한 티를 낼 수 없었다.

“의사 선생님은 꾸준히 치료받으면 된다고 하시는데 어떨지……. 잘 좀 부탁드려요.”

“걱정 마세요, 어머니. 괜찮아질 거예요.”

사경은 병원에서 잘 치료받는 것도 중요하지만 집에서 부모님이 자세를 잘 잡아 주는 것도 중요하다. 아기는 부모님과 함께 보내는 시간이 훨씬 많기에 부모님이 쏟는 정성에 따라 달라진다. 아기를 재울 때, 먹일 때, 놀아 줄 때 어떤 자세를 취해 주어야 하는지 내가 직접 아기를 안고 보여 드렸다. 그런 다음 본격적인 물리치료에 들어

갔다. 아기를 베드에 누이고 한 손으로 머리를 감싼 상태에서 다른 손으로는 짧아진 목 근육을 늘리는 스트레칭을 해 주었다. 마음속으로는 아기가 떨어지지는 않을까, 고개가 잘못 꺾이지는 않을까, 아프다고 울음을 터트리지는 않을까 불안불안해하면서. 다행히 물리치료사의 손길을 마다하지 않고 얌전히 있어 준 아기 덕분에 모든 과정이 무사히 끝났다.

"어머니, 오늘 치료하는 거 보셨죠? 집에서도 이렇게 자주 해 주시면 좋아요."

"네, 선생님. 감사합니다. 집에서도 해 볼게요."

아기를 안고 물리치료실을 나서는 엄마의 표정은 한결 밝아져 있었다. 아기는 들어올 때와 마찬가지로 나갈 때도 물리치료실 안 모든 사람의 격한 인사를 받았다.

아기는 일주일에 두 번씩 왔다. 긴장되던 마음은 어느새 사라지고 여유로운 목소리로 "아유, 예쁘네" "옳지, 그렇지" 하는 추임새를 넣어 가며 치료를 했다. 아기의 사경은 빠르게 나아져서 한 달 만에 정상 범위가 되었다. 나도 열심히 했지만 무엇보다 부모님의 노력이 가장 큰 이유일 것이다. 마지막 치료를 받고 가던 날, 아기는 나를 향해 햇살같이 환한 미소를 지어 주었다.

최연소 환자에 대해 이야기하다 보니 이번에는 최고령 환자가 생각난다. 그날도 실장님이 진료 대기실을 살펴보고 와서는 내게 말을 걸었다.

"남 선생, 저기 대기 중인 할머니 보여? 연세가 어떻게 되실 것 같아?"

실장님이 가리킨 환자분은 다른 어르신들과 특별히 다를 게 없어 보였다. 하지만 굳이 이런 질문을 한다는 것은 보기보다 나이가 훨씬 많거나 반대로 훨씬 적기 때문이 아니겠는가. 잠시 고민하다가 조금 많은 쪽으로 대답했다.

"음…… 80세요?"

"놀라지 마. 102세야."

"네? 대박!"

나이를 듣고 입이 떡 벌어졌다. 다시 한번 할머니를 보아도 여전히 믿을 수 없었다. 102세 할머니가 저리 고울 수 있다니. 웬만한 동안은 다 저리 가라 할 정도의 최강 동안이다.

"염색도 안 하신 머리인데 저렇게 검은색이래. 치아

도 본인 거래. 임플란트도 전혀 안 하셨대.”

외모만이 아니었다. 말씀은 또 얼마나 또랑또랑하고 걸음걸이는 또 얼마나 정정하신지. 성격도 시원시원해서 금세 물리치료실의 인싸가 되었다. 102세 할머니가 오는 날이면 실장님은 다른 환자분들에게 할머니의 나이를 맞혀 보게 하느라 바쁘다. 그럴 때마다 할머니는 화통하게 웃는다.

“오래 살아 봤자 별거 없어. 대충들 살아!”

40일 아기부터 102세 할머니까지, 오늘도 물리치료실에는 온 세대가 공존한다.

하루 중 물리치료실이 가장 북적이는 때는 오전이다. 시간이 지나면 약간 한가해졌다가 점심시간이 끝나고 나면 그사이 미리 와서 기다리고 있던 환자분들로 다시 북적인다. 그러다가 오후 4시 무렵부터는 한결 여유롭다. 아무래도 환자분들 중에 어르신이 많은데 일찍 저녁을 준비하기 위해 그 시간쯤이면 집으로 향하나 보다.

일주일로 기준을 바꾸어 보면 단연 월요일에 가장 북적인다. 일요일에 병원을 가지 못하고 끙끙하던 환자분들이 몰리는 것이다. 화요일을 지나 수요일로 가면서 점점 한가해지다가 목요일이 지나 금요일이 되면 다시 북적인다. 주말을 맞이하기에 앞서 물리치료를 받아 두려는 환자분들 때문이다. 토요일도 꽤 북적이는 요일이다. 평일에 시간을 내지 못하는 환자분들이 몰리는 데다 점심시간까지만 문을 여니 그럴 수밖에. 물리치료실을 방문하고자 하는 분은 가능하면 화요일부터 목요일 사이 오후 4시 이후에 방문하는 편이 좋다. 물론 병원에 따라 조금씩 다를 수 있겠지만.

1년으로 확대해 보면 어떨까. 계절에 따른 변화는 그다지 크지 않다. 다만 환자 수가 확 줄어드는 날들이 있긴 하다. 대표적인 것이 날씨가 궂은 날이다. 비가 주룩주룩 내리는 날, 눈이 펑펑 오는 날은 하루 종일 한가하다. 장마철이 되어 비 오는 날이 몇 날 며칠이고 이어지면 개점 휴업이 따로 없다. 밀려드는 환자분들을 상대하느라 정신없을 때와는 정반대로 느긋하게 창문 밖을 보며 비 구경, 눈 구경을 한다.

문제는 이런 날은 나도 출근하기가 참 싫다는 것이다. 직장인이라면 다 그렇지 않을까. 마음 같아서는 "날씨가 이 꼴인데 도저히 못 가겠어요!"라고 선언하고 침대에 널브러져 있고 싶다. 하지만 그럴 수 없다. 궂은 날씨에도 불구하고 찾아오는 환자분들이 꼭 있으니까.

몇 년 전 기록적 폭설이 내렸을 때다. 도로가 미끄러

우니 운전을 포기하고 버스를 탔다. 만원 버스는 엉금엉금 거북이 걸음이었다. 한참 동안 시달린 끝에 겨우 정류장에 도착했다. 병원을 향해 걸어가면서 궁금해졌다. 과연 이런 날에도 환자가 있으려나?

있었다. 평소 같으면 바글바글하던 대기실에 홀로 덩그러니 앉아 있는 할아버지가 눈에 들어왔다. 평소 멀리서부터 시외버스를 타고 굽이굽이 시골길을 지나서 오는 분이다.

"아버님, 이 눈 속을 뚫고 오셨네요. 여기까지 오느라 힘드셨죠?"

"눈이 대수인가. 물리치료를 안 받으면 더 힘든데."

"얼른 물리치료 시작할게요."

이런 환자분들을 생각하면 어찌 날씨를 핑계로 땡땡이를 칠 수가 있겠나. 물리치료실 안이 여유로운 만큼 더욱 정성을 다해 살펴봐 드린다.

물리치료실이 확 한가해지는 날들이 또 있다. 어째 요즘 환자분이 좀 적다 싶어서 달력을 확인하면 십중팔구 여름 휴가철이거나 벚꽃놀이, 단풍놀이 시즌이다. 이럴 때는 잠시 여유를 즐기면서도 긴장이 된다. 어떤 후폭풍이 찾아올까? 이 시기가 지나고 나면 오히려 환자분들이 밀려들기 때문이다. 여행 다니다가 교통사고를 당해서, 신나게 놀다가 몸이 삐끗해서 물리치료실을 찾는 사람들이 급증한다. 똑같은 이유로 설 연휴나 추석 연휴 직후도 물리치료실이 붐비는 시기다.

여름 휴가철이 막 지난 9월 초의 어느 날. 저편부터 시끌시끌한 소리가 들리더니 여섯 명이 우르르 물리치료실로 들어왔다. 그중 몇 분은 보호자겠거니 짐작하고 실장님이 물었다.

"이 중에 어느 분이 치료받으실 건가요?"

"우리 다요."

"네? 여섯 분 다요?"

실장님은 놀라서 동그래진 눈으로 차트를 살펴보았다. 할머니, 할아버지, 엄마, 아빠, 중학생 여자아이, 초등학생 남자아이, 이렇게 3대로 이루어진 가족이었다.

"한 가족이 다 오셨네요. 어쩌다……."

"속초로 휴가 갔다가 오는 길에 교통사고를 당했지 뭐예요."

"뒤에서 다른 차가 받았어요. 이렇게 쾅!"

“어이구, 얼마나 놀랐나 몰라. 내 살다 살다 참.”

“그래도 더 크게 안 다치고 이만한 게 천만다행이지.”

여섯 식구가 저마다 당시 상황을 설명하느라 법석이다. 할머니와 할아버지, 엄마와 아빠, 누나와 남동생이 둘씩 짝을 이루어 각각 다른 공간에서 물리치료를 받았다. 원래도 교통사고 환자들 중에는 가족이나 친구 단위로 오는 경우가 많은데 여섯 명은 내가 본 가장 많은 인원이었다.

반대로 휴가철이나 여행을 앞두고 일부러 물리치료실을 찾는 분들도 있다. 들뜬 마음으로 놀러 나갔다가 자칫 다칠 수도 있다는 사실을 너무나 잘 아는 어르신들이다. 오랜 경험에서 나오는 삶의 지혜인 셈이다.

“어머님, 요즘 거의 매일 오시네요. 원래 일주일에 한 번씩 오셨잖아요.”

“나 다음 달에 딸내미가 유럽으로 여행 보내 주거든.”

“여행 가기 전에 미리 물리치료를 받으시려고요?”

“유럽 가면 많이 걸어 다녀야 된다며? 미리 무릎 치료 잘 받아야 잘 걸을 수 있지. 영양제도 맞으려고.”

베드에 누워 있는 어머님에게서 설렘과 기대감이 함

께 느껴진다.

　물리치료실이 북적북적하다는 것은 몸이 아픈 사람이 많다는 의미이기도 하지만, 많은 사람의 아픔이 덜어진다는 의미이기도 하리라. 그래서 물리치료실에 환자분들이 몰릴수록 바란다. 부디 이곳에서 나갈 때는 조금이라도 편해지시기를.

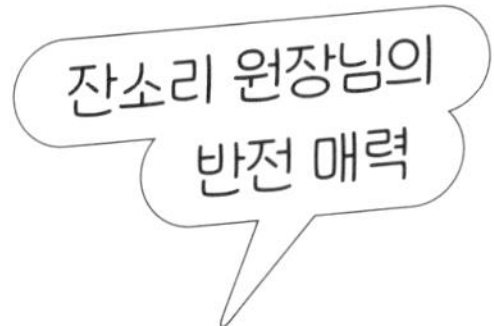

띠링띠링!

물리치료실에 놓인 전화기가 울린다. 외부에서 전화가 올 리는 없고 분명히 병원 내부에서 걸려온 전화다. 한숨을 푹 쉬고 수화기를 들었다. 누군지 뻔하니까.

"남 선생, 올라와 봐요."

역시나 예상대로다. 목소리의 주인공은 원장님. 나는 구시렁거리며 계단을 올라갔다.

'아우, 또 무슨 일인 거야. 귀찮게.'

5년차에 입사한 정형외과는 원장님 외에 사무장 한 명, 간호사 한 명, 원무과 직원 한 명 그리고 물리치료사 한 명으로 이루어진 작은 동네 병원이었다. 진료실과 접수 데스크는 2층에 있는데 물리치료실만 지하 1층에 따로 있는 구조였다. 유일한 물리치료사인 데다 혼자 동떨어져 일하다 보니 다른 직원분들과 대화를 나눌 기회가 적었다. 그와 대조적으로 원장님의 간섭은 유독 심했다. 하루에도 몇 번이나 전화가 걸려 왔다. 원장님은 치료에 대해 무척 세세하게 지시를 내리는 스타일이었다. 원장님의 가족분들이 자주 방문했는데 그러면 간섭의 강도가 더욱 커졌다.

"남 선생, 이 환자분은 어깨 위주로 치료하고, 전기치료는 다른 분들보다 더 길게 두 번씩 해 줘요."

"남 선생, 이 환자분은 아주 멀리서 오셨어요. 곧 점심시간인데 불편하겠지만 점심시간에도 치료해 드려요."

"남 선생, 내일 우리 어머니가 오시니까 특별 케어 좀 부탁해요."

툭하면 지하 1층에서 지상 2층까지 오르락내리락하는데다, 원장님의 요구에 일일이 맞추다 보면 점심시간이 제대로 지켜지지 않거나 퇴근 시간이 늦어지기 일쑤였다. 입사한 지 얼마 되지도 않아 불만이 쌓여 갔다.

그러던 어느 날 출근길. 그 당시 나는 자전거를 타고 출퇴근하는 자출족이었다. 대전 한복판을 흐르는 유등천의 자전거 도로를 따라서 가면 자동차로 가는 시간과 별 차이가 없었다. 헬멧에 선글라스까지 착용한 채 접이식 자전거의 일종인 스트라이다를 타고 씽씽 달리는 출퇴근 길의 그 상쾌함이란. 계절마다 바뀌는 하천가의 꽃밭을 구경하고 때로 오리나 여러 철새도 볼 수 있었다. 그날 아침도 신나게 페달을 밟다 보니 어느새 병원 앞 사거리에 도착했다. 신호등에 녹색 불이 켜진 것을 분명히 확인하고 횡단보도를 달려 나갔는데…….

쿵!

정신을 차려 보니 내 몸은 자전거와 함께 도로 위에 널브러져 있었다. 너무나 갑작스럽게 일어난 사고라 비명조차 지르지 못했다.

“이를 어쩌나. 아가씨, 괜찮아요? 정신이 들어요?”

내게 말을 건 사람은 고속버스 기사였다. 고속버스가 보행자 신호등의 녹색불을 무시하고 우회전하다가 빠르게 횡단보도를 건너던 나를 미처 피하지 못하는 바람에 부딪친 것이다. 사람을 치었으니 고속버스 기사는 거의 울 것 같은 표정이었다.

“빨리 병원에 가야 할 텐데. 119 부를까요?”

다리에서 피가 흐르고 있었다. 몸을 움직여 보니 이곳
저곳이 욱신욱신했다. 팔과 어깨에 타박상, 다리에 찰과
상을 입었다는 사실을 단박에 알 수 있었다. 하지만 다행
히 뼈에는 이상이 없는 듯했다. 물리치료사로서 스스로의
몸을 판단해 보건대, 굳이 큰 병원까지 가지는 않아도 될
것 같았다.

"요 앞에 병원이 있으니까 거기서 치료를 받을게요."

내 손가락이 가리킨 병원은 다름 아닌 내가 일하는 바
로 그 정형외과였다.

"일단 큰 병원에 가 보는 게 낫지 않을까요?"

"지금은 괜찮은 것 같아요. 검사해 보고 이상 있으면
큰 병원 갈게요."

고속버스 기사는 명함을 남긴 채 다시 차를 몰고 떠났
다. 나는 피가 흐르는 다리를 질질 끌며 병원으로 향했다.
출근인 듯 출근 아닌 출근 같은 길. 만신창이로 들어서는
나를 보고 사무장님과 간호사님이 휘둥그레진 눈으로 달
려왔다.

"남 선생님, 무슨 일이에요?"

"자전거 타고 오다가 요 앞 사거리에서 고속버스와 부

딪쳤어요. 넘어져서 좀 다쳤어요.”

“고속버스요? 아이고, 피 나는 거 봐.”

“얼른 접수해 줄게요. 원장님께 진료받아요.”

잠시 후 물리치료사로서가 아니라 그날의 1호 환자로서 진료실 문을 열었다. 간호사님에게 자초지종을 전해 들은 원장님이 나를 기다리고 있었다.

“남 선생이 많이 놀랐겠네. 그나마 이 정도인 게 천만다행이에요.”

“네, 심각한 정도는 아닌 것 같아요.”

“그래도 혹시 모르니 검사할 건 다 검사해 봅시다. 일단 찢어진 부분을 봉합하고서 엑스레이를 찍도록 하죠.”

원장님의 표정에는 진심으로 걱정하는 마음이 가득 묻어났다. 그동안에는 필요 이상으로 깐깐한 고용주로만 여겨졌던 원장님이 확 달라 보였다. 세상에서 가장 인자한 의사 선생님이었다.

내 예상대로 엑스레이 검사에서 별 이상은 나타나지 않았다. 팔과 어깨의 통증도 어느 정도 가라앉았고 다리의 피도 멎었다. 일을 하는 데 큰 무리는 없을 것 같았다. 물리치료사라고는 덜렁 나 하나인데 내가 자리를 비우면 많은 환자가 발길을 돌려야 하지 않은가.

"원장님, 저 이제 일 시작할게요."

"가능하겠어요? 힘들면 무리하지 않아도 되는데."

"괜찮아요. 할 수 있어요."

"그래도 평소처럼 혼자 다 해서야 되겠나. 잠깐만요."

원장님은 사무장님을 안으로 불렀다. 그리고 사무장님에게 오늘은 계속 물리치료실에 머물며 나를 도와주라고 신신당부했다. 그 모습을 보니 원장님이 평소 나를 호출해 이것저것 요청하던 일들이 떠올랐다. 그때와는 정반대로 내가 환자의 입장이 되니 너무나 든든하게 느껴졌다. 원장님의 배려 덕분에 그날 근무는 여유롭게 할 수 있었다.

한동안 출근하고 나면 원장님으로부터 다리에 드레싱을 받았다. 그때마다 원장님은 상처 부위를 세심하게 신경 써 주셨다. 환자 겸 직원으로서 큰 감동을 느꼈다.

그 후로는 원장님이 멀리서 보이면 바로 달려가 인사드릴 정도로 친해졌다. 대화할 기회가 별로 없어 데면데면했던 다른 직원들과도 가까워졌다. 더 이상 물리치료실로 걸려 오는 원장님의 전화에 툴툴대지 않았다. 원장님

의 진심을 알고 나니 치료와 관련해서 더욱 적극적으로
소통하게 되었다. 그런 나를 믿고 원장님도 간섭하는 일
이 한결 줄었다. 위로 올라오게 하지 않고 간단히 전화로
끝낼 때가 많아졌다.

"남 선생, 내일 우리 와이프가 온대요."

"사모님이요? 네, 걱정 마세요, 원장님!"

"그래요, 내가 남 선생만 믿어요."

중년의 여성 환자가 물리치료실에 들어왔다. 으레 하듯이 베드로 안내해 드리려고 했다. 그런데 내 얼굴을 본 환자분의 표정이 영 좋지 않다. 내 말투가 이상했나? 내 얼굴에 뭐가 묻었나? 아니면 혹시 우리 사이에 내가 기억나지 않는 악연이 있나?

"홍 선생님은 어디 있어요?"

"홍 선생님이요? 누구신지……."

마침 다른 베드에서 치료를 마치고 나오던 동료가 이 환자분을 알아보고 말했다.

"홍 선생님 찾으세요? 근데 어떡하죠. 최근에 그만두셨어요. 여기 남기란 선생님이 새로 오셨고요."

"나는 홍 선생님이어야 하는데……."

환자분의 말끝이 흐려진다. 그 뒤에 숨은 말은 '이 낯선 물리치료사는 싫어!'이리라.

물리치료사는 이직이 잦은 직종이다. 공급도 많고 수요도 많은 데다 소규모 동네 병원이 많기 때문이다. 나도 여러 병원을 거쳤다. 내가 새로운 병원에서 일하게 되었다는 것은 곧 기존에 일하던 물리치료사가 그만두었다는 것. 동료에게 듣기로는 전임 물리치료사가 예정에 없이 갑작스럽게 퇴사했다고 한다. 그 바람에 미처 단골 환자분들에게 작별 인사를 하지도 못했나 보다. 내 몸을 나보다 더 잘 알고 내 맘에 쏙 들게 치료해 주던 물리치료사가 사라졌으니 환자분이 섭섭할 만도 하다.

결국 환자분은 생전 처음 보는 나 대신 그나마 얼굴은 아는 다른 물리치료사를 선택했다. 그리고 얼마 후 다시 나타난 환자분. 나를 보더니 한숨부터 내쉰다.

"휴우, 홍 선생님은 이제 정말 안 와요?"

"집안에 사정이 생겨서 당분간은 일을 안 하실 것 같대요."

"홍 선생님이 좋은데……."

내가 싫다는 티를 팍팍 내는 환자분은 나도 부담스럽

다. 지금이라도 당장 그 물리치료사를 데려와 눈앞에 대
령해 드리고 싶은 심정이다. 하지만 불가능한 일이라는
사실을 나도 알고 환자분도 안다. 이번에도 환자분은 내
가 아닌 다른 물리치료사에게 치료를 받았다.

그러기를 2주째. 비록 나를 거부하는 환자분이지만,
아니, 오히려 그렇기 때문에 일부러 더 밝은 미소를 짓고
더 친절하게 베드로 안내해 드렸다. 나갈 때도 목소리를
높여 인사했다. '저도 꽤 괜찮은 물리치료사예요'라고 어
필하기 위해서랄까. 어느 순간부터 환자분의 얼굴이 조금
씩 풀리는 것이 느껴졌다. 그러다 어느 날 동료가 한창 바
쁜 상황이라 환자분에게 조심스럽게 물었다.

"오늘은 제가 해 드릴까요?"

"그래요."

의외로 선선히 대답이 나왔다. 작은 것 하나라도 불
편해하지 않도록 신경 써서 치료해 드렸다. "역시 새로운
선생님은 나랑 안 맞네" 하는 말이 나올세라 어찌나 긴장
이 되던지. 치료를 받는 동안 환자분은 딱히 별 말이 없었
지만 그래도 표정은 나쁘지 않다.

그날부터 환자분은 내가 따로 묻지 않아도 자연스럽

게 내게 물리치료를 받았다. 시간이 좀 더 지나자 치료를 받는 동안 일상적인 대화도 나누게 되었다. 그러다 이런 말까지 들었다.

"남 선생님이 내 전담으로 치료해 주면 좋겠어."

환자분들이 없다면 물리치료사도 존재할 수 없는 법. 소중한 환자분들의 마음을 열기 위해서는 내가 먼저 적극적으로 다가가야 한다. 환자분이 마침내 마음을 열고 신뢰를 보내 줄 때 물리치료사는 신이 난다. 까칠한 환자분이라면 더더욱.

등장만으로도 물리치료실 안에 긴장이 감돌게 하는 할아버지 환자분이 있었다. 물리치료사의 말을 주의 깊게 듣지도 않고, 어디가 아픈지 물어봐도 제대로 대답하지도 않고, 뭐가 불편하다느니 뭐가 잘못되었다느니 불평을 하고, 치료를 받는 동안 물리치료실 안이 다 울릴 정도로 큰 소리로 전화 통화를 하고, 급기야 치료가 마음에 들지 않는다며 버럭 소리 지르곤 했다. 다른 환자분들이 제발 조용히 해 달라고 호소하기 일쑤였다. 그래서 물리치료사들끼리는 '짜증쟁이 할아버지'라고 불렀다.

그날도 할아버지는 이것저것 끊임없이 구시렁구시렁

하다가 누군가와 전화 통화를 시작했다. 안 그래도 큰 목소리가 점점 더 커졌다. 고래고래 소리를 지르다시피 했다. 싸움이라도 났나 싶어 들어 보니 할아버지가 눈이 불편해 대학 병원에 예약을 하려는 것이었다. 그런데 예약 담당자와 소통이 잘 안 되는 모양이었다.

"할아버지, 제가 전화 받아서 이야기해 볼까요?"

"응? 그래 볼텨?"

"네, 저한테 핸드폰 주세요."

나는 할아버지의 핸드폰을 건네받아 상대방에게 말했다.

"여기 최광수 님 전화고요, 저는 물리치료사예요. 최광수 님 안과 예약을 좀 하려고 해요. 본인이 옆에 계시는데, 말씀 전달이 잘 안 되시는 것 같아서 대신 말씀드리는 거예요."

할아버지의 병원 예약을 마치고 종이에 큰 글씨로 날짜와 시간을 적어 가방에 넣어 드렸다. 할아버지는 지금껏 한 번도 보인 적 없는 함박웃음을 지었다. 할아버지도 웃을 수 있는 분이구나 하는 생각이 들 정도로.

"아이고, 나 혼자 살아서 자식이 대신해 주지도 못하

는 것을 물리치료사 선생님이 해 줬네. 내가 아무리 소리를 질러도 내 말을 못 알아들으니까 답답했는데 너무 고마워.”

할아버지가 자꾸 소리를 높이고 소통을 잘 못 하는 것은 본래 성격이 나빠서가 아니라 나이가 들어 청력이 떨어졌기 때문이었다. 그날 이후로도 여전히 할아버지의 우렁찬 목소리가 물리치료실에 쩌렁쩌렁 울리곤 했다. 하지만 더 이상 물리치료사에게 짜증을 부리는 일은 없었다. 큰 소리로 전화 통화를 하다가도 “조금만 작게 말씀해 주세요” 하고 부탁드리면 곧바로 미안하다며 목소리를 낮추었다. 이제는 짜증쟁이 할아버지가 아니라 그냥 평범한 할아버지가 되었다.

어르신 환자들 중에는 전화 통화나 핸드폰 사용을 힘들어하는 분이 많다. 꼭 물리치료와 관계있지 않다 해도 내가 할 수 있는 것이라면 얼마든지 도와 드리고자 한다. 신용카드 상담원과 통화를 해 드린 적도 있고, 남아 있는 데이터 사용량을 확인해 드린 적도 있고, 친구나 가족에게 카톡 메시지를 전달해 드린 적도 있고, 유튜브에서 좋아하는 가수의 노래를 찾아 드린 적도 있고, 집에서 쓸 파라핀 치료기를 주문해 드린 적도 있고, 홈쇼핑에서 찜해 둔 옷을 주문해 드린 적도 있다.

사실 제일 자주 도와 드리는 일은 단연 이것이다. 집에서 붙이고 온 파스를 제대로 다시 붙여 드리는 것. 혼자 사는 분일수록 파스가 반쯤 접힌 채로 대충 붙어 있곤 한다. 약국에서 사 온 파스를 조심스럽게 내밀며 "나 이것 좀 붙여 줄래요? 내가 손이 잘 안 닿아서" 하고 부탁하는 어르신들도 있다. 나는 기꺼이 "그럼요" 하고 대답한다.

단지 환자분들을 돕고자 하는 차원에서 하는 일이 아니다. 이렇게 도와 드리면 그분들은 물리치료사에게 더욱 마음을 열게 되고 그만큼 치료 효과도 커진다. 그러니 이런 마음씀씀이까지 물리치료사의 영역이 아닐까.

물리치료사들 사이에 금기가 있다. 그것은 바로 환자와의 연애 또는 결혼.

과대표까지 했던 터라 동기들과 두루두루 친했고 졸업 후에도 모임을 자주 가졌다. 20대 젊은 물리치료사인 우리는 모이기만 하면 서로의 근황뿐 아니라 여러 지인들의 근황까지 공유하느라 한참 수다를 떨었다. 그때마다 가장 쇼킹한 소식은 누군가 환자와 사귄다는 것이었고 그다음으로 쇼킹한 소식은 누군가 환자의 가족이나 친척과 사귄다는 것이었다.

"지수가 환자랑 사귄다고? 자긴 절대 안 그럴 거라고 하더니만."

"미쳤구나. 환자랑 엮여서 어쩌려고."

"나영이는 어떻고. 환자가 자기 아들이랑 만나 보라고 했는데 진짜로 사귀게 됐대."

"세상에! 어머님 환자가 진짜 어머님이 되게 생겼네."

우리는 입방아를 찧으며 다짐했다. 애초에 환자에게 사적인 연락을 할 여지를 주어서는 절대 안 된다고. 환자와 사귀는 것은 득보다 실이 훨씬 많다는 것이 우리의 공통된 생각이었다. 병원에서 알게 되면 눈치가 보여 일에 지장이 생길 것이 뻔하지 않은가. 대개는 중간에 헤어지기 마련이고 그러면 더욱 난처해지지 않겠는가.

나 역시 그런 생각이 확고했다. 그러다 운명의 수레바퀴가 돌아가게 되니…….

어느 날 젊은 남자 환자분이 오른쪽 팔을 고정한 채 물리치료실에 들어왔다. 나이를 확인하니 나보다 두 살 적은 20대 중반. 근처 대학교에 다니는 학생인데 밤에 횡단보도를 건너다가 신호를 위반한 차에 치였다고 한다. 붕 떴다가 떨어지면서 오른쪽 어깨에 골절상을 입었고 우선 대학병원에 가서 처치를 받은 후 동네 병원에 입원하게 된 것이다. 보통 어깨 골절이면 어깨용 고정 보호대를 착용해야 하는데 이 환자분은 허리 보호용 복대를 어깨에 대충 둘러매고 있었다.

"왜 이런 복대를 했어요? 이건 허리에 쓰는 건데."

"대학병원에서 그렇게 해 줬어요."

"어깨를 못 움직이게 임시방편으로 했나 보네요."

"그런가요."

조용하고 무뚝뚝한 분이었다. 질문에 대답할 때를 빼고는 입을 꾹 다물고 있었고 그나마 대답도 짧았다. 인사도 간단히 목례뿐이었다.

하지만 치료 경과나 어깨 재활 운동에 대해 자꾸 이야기를 나누다 보니 차츰차츰 대화가 길어졌다. 심지어는 대화가 재미있었다. 유머를 잘 구사하는 것도 아닌데 왜 재미있는 건지 나 자신도 의아했다. 알면 알수록 친절한 성격도 드러났다. 점심시간에 밖에서 마주치면 "날이 춥네요" 하며 캔커피를 사 주기도 하고, 한창 바쁜 시간에 "이것 좀 드시면서 하세요" 하며 슬쩍 귤을 탁자에 놓고 가기도 했다.

그 환자분은 한 달 동안의 입원 생활을 마치고 퇴원하게 되었다. 하지만 통원 치료는 계속 이어질 예정이었다.

'아쉽지만 그나마 다행이다.'

이렇게 생각하다가 뜨끔했다. 내가 왜 그 환자를 신경 쓰고 있담. 하지만 나도 모르게 마음이 가는 것을 어쩔 수가 없었다. 통원 치료를 마치고 돌아가는 모습을 물리치료실 창문으로 몰래 지켜보곤 했다.

물리치료를 하는 동안 치료와 상관없는 개인적인 이야기가 끼어드는 시간이 점점 늘어났다.

"몸이 불편해서 놀러 다니지도 못하겠네요. 집에 있을 때는 뭐 해요?"

"주로 영화 봐요. 취미가 영화 보는 거예요."

"나도 영화 좋아하는데. 괜찮은 영화 있으면 공유해 줄래요?"

"그럼요. 이메일 알려 주세요."

환자에게 사적인 여지를 주어서는 안 된다는 다짐은 온 데 간 데 사라지고 이메일 주소까지 교환했다. 영화를 핑계로 이메일을 주고받다가 아예 채팅으로 이어졌다. 카카오톡이 등장하기 전이라 그 무렵 유행하던 커뮤니티 사이트인 세이클럽을 이용했다. 어느 순간부터 그는 나를 '누나'라고 부르기 시작했다. 낮에는 병원에서 물리치료사와 환자로 만나고, 밤에는 세이클럽 대화창에서 아는 누나와 아는 동생으로 만났다.

내게도 핑계 거리는 있었다. 이건 썸이 아니라 그저 남동생 같은 귀여운 연하의 환자와 조금 친하게 지내는 것뿐이라고! 이 정도 친분까지 거부할 필요는 없지 않나? 안 그래?

당시 내 나이 스물일곱 살. 전 남자 친구와 헤어진 지 얼마 되지 않았던 나는 이제 안정적인 사람을 만나 결혼하고 싶다는 생각을 품고 있었다. 그러던 중에 우연히 코이카(Koica, 한국국제협력단)에서 해외 봉사단에 합류할 물리치료사를 모집한다는 공고를 보았다. 외국에서 봉사 활동을 하는 것은 어릴 적부터 내 로망이었다. 어차피 언젠가 결혼하게 될 거라면 연애를 하지 않고 있는 지금이 외국 생활을 하기에 적합한 시기인 것 같았다. 한편으로는 또 다른 로망인 이탈리아 배낭여행도 더 늦추면 안 되겠다 싶었다. 로마행 비행기를 예약하고 코이카에 지원한 다음, 병원에 사표를 냈다.

어쩐지 환자 겸 아는 동생인 그에게는 이런 사실을 밝히기 싫어 미적거리다가 마지막 출근날에야 말했다. 처음에는 장난치지 말라며 웃던 그는 내가 진짜라고 거듭 강조하자 시무룩한 표정을 지었다. 그 모습을 보니 나도 마음이 좋지 않았다. 이 귀여운 동생과의 인연이 이렇게 끝나는구나 싶어 아쉬웠다. 그런데 다음 날 그에게 전화가 왔다. 이미 서로 전화번호도 알긴 하지만 문자가 아닌 통화는 처음이었다.

"그동안 고마웠으니까 퇴직 기념으로 밥 살게요. 막창 좋아해요? 맛있는 막창집을 아는데."

환자와 따로 연락하다가 급기야 따로 만나기까지 한다니! 이번에도 나는 스스로에게 변명했다. 친한 동생인데 이 정도는 뭐 어때. 마지막이라서 밥 한번 사겠다는데 거절하면 너무 정 없잖아.

우리는 대전에서 유명한 막창 골목에서 만났다. 고소한 막창 냄새와 함께 대화가 끝없이 이어졌다.

"대학병원에 있다가 전원해서 처음 갔을 때 누나가 친절하게 대해 줘서 좋았어요."

"정말요? 나는 되게 무뚝뚝한 환자라고 생각했는데."

막창을 다 먹고 나서도 이대로 파하기는 아쉬워 2차로 노래방을 갔다. 노래를 실컷 부르고서도 여전히 아쉬워 3차는 우리 동네로 이동해 실내포차에 갔다. 풀코스로 놀다 보니 비가 부슬부슬 내리는 밤이었다. 그가 내 두 손을 슬그머니 잡았다.

"너무 좋은 사람을 만난 것 같아. 내 인생에서 누나를 놓치면 안 될 것 같아."

"음, 물리치료사가 환자와 사귀는 건 금기인데……."

"나 병원 그만 다녀도 돼. 거의 다 나았는데 누나 보려고 더 다닌 거였어. 그럼 이제는 환자 아니니까 괜찮지 않아?"

그렇게 고백을 받고 그날부터 우리는 덥석 연인이 되었다.

갑작스레 남자 친구가 생겼지만 그렇다고 기껏 예약해 둔 해외 배낭여행을 포기할 수는 없는 노릇. 연애를 시작한 지 한 달 만에 나는 이탈리아행 비행기에 올랐다. 로마를 여행하던 중에 한국에 있는 언니와 통화를 하다가 코이카 해외 봉사단에 합격했다는 소식을 전해 들었다. 해외 봉사단으로 나가면 최소한 1년은 현지에 머물러야 한다. 남자 친구는 내가 지원했다는 사실 자체를 모르는 상황. 며칠을 고민하다가 바티칸 투어를 마치고 남자 친구에게 전화를 걸었다. 소식을 말하고 나니 수화기 너머에서 정적이 흘렀다.

"많이 놀랐지? 내가 예전부터 한 번쯤 꼭 해 보고 싶었던 거라⋯⋯."

"흑흑."

"어? 지금 울고 있는 거야?"

"흑흑, 흑흑, 엉엉엉."

남자 친구는 말없이 그저 계속 울기만 했다. 울음소리를 듣고 있노라니 해외 봉사를 나가겠다는 의지가 스르르 약해졌다. 만난 지 고작 한 달 된 남자 때문에 오랜 꿈이 흔들리다니.

여행을 마무리하고 한국에 돌아오던 날 남자 친구는 대전에서 인천 공항까지 마중을 나왔다. 직접 만든 도시락을 싸 들고. 이탈리아에서 피자와 파스타만 먹은 내가 한식이 그리울 것을 고려해 쌀밥과 소시지, 볶음김치를 넣은 도시락이었다. 우리는 공항 밖 벤치에 앉아 도시락을 먹었다. 대전으로 향하는 공항 버스 안에서 손을 꼭 맞잡고 있노라니 절로 이런 생각이 들었다. 이토록 다정한 남자 친구를 두고 떠날 수 있을까?

결국 해외 봉사단 합숙 오리엔테이션을 앞두고 결심

했다. 남자 친구 곁에 남기로. 어쩌면 로마의 공중전화 부스에서 남자 친구의 울음소리를 들었을 때 이미 결심했던 것인지도 모르겠다.

우리는 4년을 사귀다 결혼에 골인했다. 물리치료사의 금기라는 환자와의 연애도 모자라 결혼까지. 하지만 동기 모임에 나가도 그다지 민망하지는 않다. 나 외에도 환자와 결혼한 친구가 네댓 명이나 되기 때문이다. 환자의 자녀나 지인과 결혼한 친구들까지 따지면 그 수는 더 많다.

얼마 전 초등학생 아들이 말했다.

"엄마, 교통사고가 꼭 나쁜 일만은 아닌 것 같아."

"그게 무슨 소리야? 왜?"

"교통사고가 엄마랑 아빠를 만나게 해 줬잖아. 그래서 이렇게 나까지 태어났으니까 말이야."

이런 귀여운 생각을 하는 아이가 내 아들이라니. 물리치료사의 금기를 깨기를 참 잘했다.

거북목을 예방해 주는
스트레칭

책을 읽다 보면 나도 모르게 고개가 구부정하게 나와 있곤 하지요. 거북목이 되지 않으려면 목 스트레칭이 필수입니다.

📌 의자에 앉아 있는 자세에서 두 손으로 뒷목을 감싼 채 목을 뒤로 젖히세요.

✎ 팔을 자연스럽게 늘어뜨린 채 목을 좌우로 번갈아 기울이
세요.

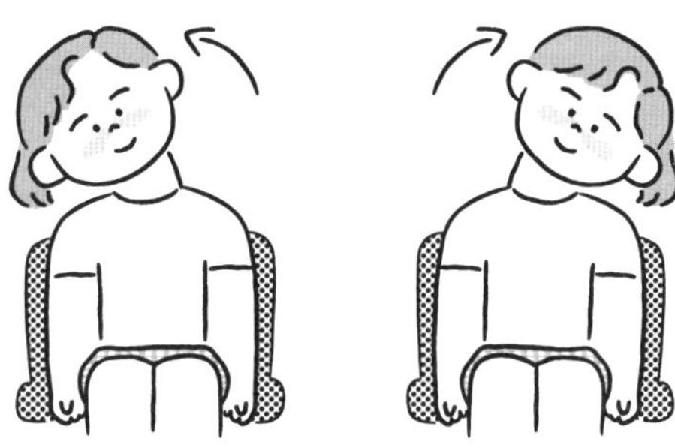

✎ 머리를 시계 방향으로 천천히 크게 5회 돌리세요. 반시계
방향으로도 똑같이 하세요.

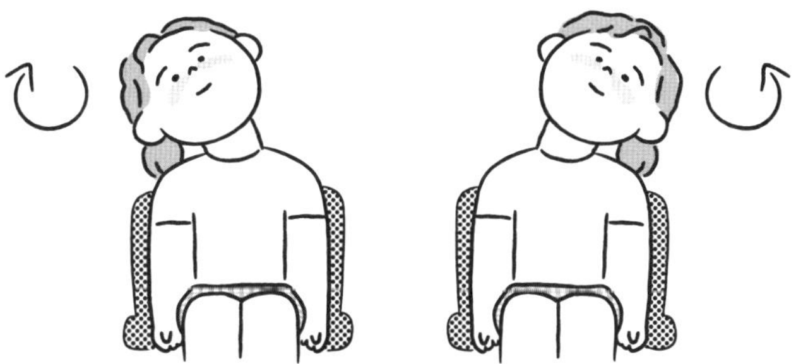

2부

요양병원
물리치료실에는
특별한
정이 있다

카톡!

여느 때처럼 아침 일찍 일어나 쌀을 씻고 있는데 핸드폰 메시지가 왔다는 알람이 울렸다.

'301호 김영재 님 4시 30분 영면하셨습니다. ○○ 장례식장으로 가십니다.'

지금 시각은 오전 6시 17분. 환자분이 돌아가시면 요양병원 직원들의 단체대화방에 안내 메시지가 올라오는데, 이렇게 오전 6시가 조금 넘어 메시지가 왔다는 것은 한밤중이나 새벽에 돌아가셨다는 의미다. 때로는 두세 개의 메시지가 한꺼번에 올라오기도 한다.

요양병원 물리치료실에서 일하기 시작한 후로 이런 메시지를 꽤 자주 받았다. 몸이 불편한 70~90대 환자분이 대부분이니 그럴 수밖에. 그럼에도 메시지 속의 이름을 보고 순간 내 눈을 의심했다. 바로 어제 나와 이야기를 나눈 할아버지가 아닌가.

평소 비교적 몸 상태가 괜찮은 어르신들은 물리치료실에 내려와 치료를 받고, 거동이 불편한 어르신들은 침상에 누운 채 치료를 받는다. 김영재 할아버지는 90세에 가까운 나이지만 스스로 걸을 수 있고 의식도 또렷해서 매일 물리치료실에 오셨다. 그러다 한 달 전 갑자기 상태가 나빠져서 침상 치료로 바뀌었다. 어르신들이 입원실에 누워만 있다 보면 근육이 줄고 몸이 뻣뻣해져 움직임이 더욱 힘들어진다. 그래서 할아버지의 팔다리가 굳어지지 않도록 방지하는 운동 치료를 해 드렸다. 다행히 지난주부터 할아버지는 눈에 띄게 나아졌다.

"많이 좋아지셨어요. 며칠 더 있으면 전처럼 물리치료실로 오셔도 될 것 같아요."

"그래야지. 여기만 있으니까 답답해. 병원 밖 화단까지는 힘들더라도 최소한 물리치료실까지는 가야지."

"그렇게 되실 거예요."

"물리치료사님이 잘 치료해 줘서 고마워요."

이런 대화를 나눈 것이 바로 전날이었다. 실장님과도 할아버지의 치료 스케줄을 논의했다.

"301호 김영재 환자님은 이제 힘이 많이 좋아지셨어요. 물리치료실에 오시는 것으로 치료 스케줄을 바꾸려고 하는데 어떨까요?"

"그 연세에 대단하시네. 그렇게 해요."

그러고서 다음 날 아침에 할아버지가 영영 떠났다는 문자를 받게 되다니. 믿기지가 않았다.

출근해서 물리치료실에 들어가니 이곳에서 치료를 받던 할아버지의 모습이 떠올랐다. 연세에 비해 키도 크고 피부도 깨끗해서 유독 눈에 띄는 분이었다. 외모 칭찬을 들으면 할아버지는 대놓고 자랑을 하셨다.

"오늘따라 더 잘생기셨는데요! 젊었을 때 인기 많으셨을 거 같아요."

"그럼, 인기 많았지! 내가 지나가면 길 가던 여자들이 쳐다보고 웃고 그랬어. 우리 안사람이 먼저 가고 나서 나랑 사귀자는 할머니도 있었다니까."

하지만 돌이켜 보니 할아버지에게 외모 칭찬을 할 때보다 오히려 들을 때가 더 많았다.

"참 이뻐! 둘이 쪼르르 앉아 있는 거 보면 참 이뻐!"

누가 들으면 귀여운 어린아이 둘이 있는 줄 알겠지만 실상은 중년의 여성 물리치료사 둘. 하지만 할아버지는 진심을 다해 예쁘다고 해 주셨다.

그뿐인가. 물리치료실에 오는 할아버지의 환자복 양쪽 주머니는 종종 불룩 나와 있곤 했다. 그 주머니에서 나오는 것은 과자나 떡 같은 간식거리였는데 한눈에 보아도 일반 마트에는 없는 고급 제품인 것이 티가 났다.

"우리 딸이 어제 와서 주고 간 거야. 물리치료사 선생님들도 드시라고 좀 가져왔지."

"아유, 이거 꽤 비싸 보이는데요. 저희가 받아도 되는 거예요?"

"그럼. 나 치료해 주는 분들인데."

할아버지는 물리치료사뿐 아니라 동료 환자분들에게도 언제나 친절했다. 물리치료실에서는 때로 자리다툼이 벌어진다. 치매 어르신들은 특정한 자리에 눕거나 특정한 운동 기구를 먼저 쓰겠다며 아이처럼 떼를 쓰기도 한다. 어르신들끼리 서로 소리를 높이며 고집을 피우면 난감하기 짝이 없다. 하지만 할아버지는 언제나 기꺼이 양보해 주는 분이었다.

"아버님, 저기 환자분이 이 자리에 누웠으면 하시는데 혹시 괜찮으시면……."

"아, 그래요? 나야 괜찮아. 여기 오시라 해. 난 저쪽에 누우면 되지."

"자꾸 번거롭게 부탁드려서 죄송해요."

"죄송할 게 뭐 있어. 별것도 아닌 걸 가지고."

텅 빈 물리치료실에 멍하니 서 있는데 마침 실장님이 들어왔다. 평소보다 어두운 표정이다.

"남 샘, 카톡 봤죠? 301호 김영재 어르신께서……."

"네, 알아요. 이제 다시 물리치료실에서 뵐 수 있겠구나 했는데."

"휴, 이렇게 갑자기 가실 줄이야."

"그러게 말이에요."

대화를 나누다가 둘 다 울컥했다. 서로 아무 말도 없이 한참을 앉아 있었다. 어찌어찌 오전 업무를 마치고 점심시간이 되어 구내식당에 갔다. 의사, 간호사를 비롯해 다른 부서의 직원들이 모두 모인 이 자리에서도 김영재 할아버지에 대한 이야기가 나왔다.

"제가 조금이라도 피곤해 보이면 먼저 걱정해 주시는 분이었어요."

"불편하더라도 항상 괜찮다, 괜찮다 하고 말씀해 주셨지요."

"저희 아이 이름도 꼭 기억하시고 종종 안부를 묻곤 하셨어요."

저마다 할아버지가 안겨 준 다정한 기억들을 가지고 있었다. 함께 눈시울을 붉히며 할아버지를 추억했다.

전날 밤 당직을 섰던 직원들에게 들으니 할아버지는 오후까지만 해도 별다른 이상이 없었다고 한다. 그런데 저녁 때 갑자기 컨디션이 떨어져 식사도 마다하고 일찍 잠이 들었다. 그러고는 한밤중에 조용히 세상을 떠난 것이다. 할아버지의 마지막이 고통스럽지 않고 평화로웠다는 사실이 조금은 위로가 되었다. 그렇게 떠난 것이 참 그분답다는 생각도 들었다.

요양병원에서 죽음은 일상적인 일이다. 연이어 죽음을 접하다 보면 어느 순간부터 죽음 자체에 무뎌질 것 같지만 그렇지 않다. 어르신들의 죽음을 접할 때면 그분들을 치료하며 있었던 일들이 떠오르며 슬픔에 휩싸인다.

거의 매일 만나다 보니 그만큼 더 정이 들었기 때문인가
보다. 특히나 이렇게 모두에게 긍정적인 기운을 뿜어내던
분이 갑작스럽게 떠나 버리면 그 빈자리가 유독 크게 느
껴진다. 그래서 아침마다 바란다. 부디 오늘은 단체 카톡
방이 울리지 않기를.

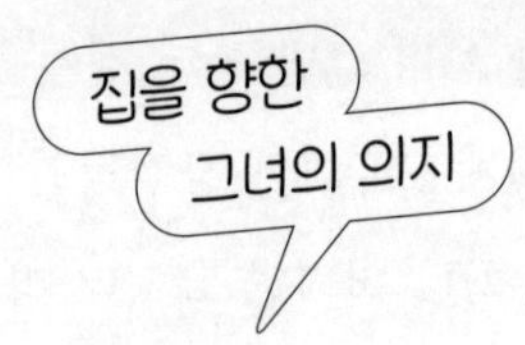

일반 병원은 거의 매일 새로운 환자가 오지만 요양병원은 입원 치료가 기본이라 만나는 환자들이 거의 매일 비슷비슷하다. 환자분이 새로 입원하는 일은 일주일에 두세 번 정도. 그러다 보니 새로운 환자분이 있으면 좀 더 주의해서 살펴보게 된다. 처음에 치료 계획을 잘 세워야 짧으면 몇 달, 길게는 몇 년에 이르는 입원 기간을 잘 보낼 수 있으니까.

"남 샘, 어제 새로 입원한 환자분이 있는데 남 샘이 맡아 줘."

"네. 어떻게 해서 오신 분이에요?"

"이 동네 사시는 주민인데 75세 여자분이야. 성함은 최화영. 고관절 골절로 수술을 받고 오시게 됐대. 남 샘이 만나 보고 컨디션 체크해서 치료 계획을 세우면 돼.”

새로 오셨다는 환자분이 있는 입원실로 올라갔다. 그곳에서 나를 기다리고 있는 최화영 할머니의 첫 인상은 ‘곱다’라는 것. 나이를 미리 듣지 않았다면 60대 초반인 줄 알았을 것이다. 내 소개를 하자 할머니는 기다렸다는 듯 하소연을 시작했다.

“내가 눈길을 걷다가 넘어졌지 뭐예요. 별로 세게 넘어진 것 같지도 않은데 대학병원에 가니까 수술을 해야 된다고 하대. 그래서 시키는 대로 했지 뭐. 몇 년 전만 해도 그 정도는 그냥 넘어갔을 텐데.”

“아무래도 연세가 있으시니까 그러실 수 있어요.”

“내가 혼자 살아요. 남편은 한참 전에 먼저 가고 자식들은 다 외국에 나가 있거든. 몸이 불편해도 돌봐 줄 사람이 없어서 할 수 없이 요양병원으로 오게 된 거예요.”

“그러셨군요. 잘 선택하셨어요.”

“휴, 기분이 좀 그래. 이런 데는 나중에 더 골골해지면 올 줄 알았는데. 빨리 집에 가고 싶어요.”

“여기서 치료 잘 받으시면 집에 가실 수 있어요. 제가 도와 드릴게요.”

할머니의 치료 목적은 다시 걸을 수 있는 것. 수술로 인한 통증을 줄이기 위한 핫팩과 전기치료 그리고 재활을 위한 보행 훈련을 하기로 스케줄을 짰다. 치료 계획을 말씀드리니 할머니는 벌써 다 나은 듯 좋아했다.

"그렇게 하면 원래대로 걸어다닐 수 있다는 거죠? 나 진짜 열심히 할 거야!"

할머니의 다짐은 빈말이 아니었다. 내가 방문했을 때는 물론이고 정해진 시간이 아닐 때도 운동에 열을 올렸다. 다른 환자분에게 가려고 할머니의 입원실을 지나칠 때마다 보행 연습을 하는 모습을 목격할 수 있었다. 너무 지나쳐서 내가 말려야 할 정도였다.

"무리하지는 마세요. 하루에 두 번 운동하시면 충분해요."

"이렇게 해야 하루라도 빨리 집에 갈 수 있잖아요."

"혼자서 운동하시다가 사고라도 나면 큰일 나요."

"나 집에 가야 해요. 여기는 답답해."

보행 연습을 할 때는 반드시 워커를 잡아야 한다고 신신당부했건만 할머니는 그 지침을 지키지 않아 나를 식겁하게 만들기도 했다.

“어머님, 아직은 워커를 잡고 이동하셔야 돼요. 베드만 잡고 이동하시면 안 돼요.”

“이 안에서만 왔다 갔다 하는 건데 뭐.”

“안 된다니까요. 넘어지시면 어떡하라고요.”

“빨리 집에 가고 싶어서 그러지. 잠깐만 할게요.”

어르신들은 뼈가 약한 데다 근육도 많이 빠진 상태라 보행 연습을 단계적으로 차근차근 해야 한다. 너무 지나치게 하면 역효과가 날 수 있다. 더구나 혼자 움직이다가 자칫 낙상이라도 하면 입원 기간이 몇 배로 늘어나기도 한다. 하지만 내가 아무리 말려도 할머니는 고집을 꺾지 않았다. 그만큼 집에 대한 그리움이 강했다.

하루는 물리치료를 하는 도중에 할머니가 또 집에 가고 싶다며 한숨을 쉬었다. 수시로 듣던 말이지만 그날따라 할머니에게 물었다.

“집에 가족분들도 없으시다면서 그렇게나 집에 가고 싶으세요?”

“우리 집 아니면 다 불편해. 내가 그 집에서 40년 넘게 살았거든.”

“와, 그렇게 오래요?”

"응. 그래서 우리 애들이랑 남편이랑 추억이 거기 다 있어요."

집은 할머니에게 단순한 거주 공간이 아니라 지나온 삶 그 자체였던 것이다. 할머니의 마음을 조금은 이해할 수 있을 것 같았다.

매일 꾸준히 운동하다 보니 점점 할머니는 입원실을 벗어나 물리치료실로 내려와 치료받을 수 있게 되었다. 물리치료실에서도 가열찬 보행 훈련은 계속되었다. 그 덕분에 예상보다 일찍 할머니는 보조 기구 없이 걷는 데 성공했고 마침내 퇴원을 하게 되었다.

"퇴원하신다면서요. 너무 축하드려요."

"그동안 고마웠어요. 덕분에 집에 가게 됐네요."

"댁에 가서도 항상 조심하셔야 해요. 무리하시면 절대 안 됩니다. 불편하거나 통증이 있으면 바로 정형외과에 가서 진료를 받으세요."

할머니의 지나친 의욕이 걱정되어 긴 잔소리를 늘어놓았다. 할머니는 자신 있다는 듯 싱긋 웃어 보였다.

"하하, 물리치료사 선생님이 내가 너무 걱정되나 보다. 알았어요. 걱정 마요."

작별 인사를 한 지 일주일이 지났다. 새로 온 환자가 있어 차트를 확인하다가 나도 모르게 소리를 질렀다.

"어어! 얼마 전에 퇴원하신 최화영 님이잖아!"

걱정 말라며 웃는 얼굴로 작별 인사를 했던 할머니가 일주일 만에 다시 입원하다니. 놀라서 곧장 입원실로 올라갔다. 할머니는 누운 채 멋쩍은 미소로 나를 맞았다.

"아니, 이게 어떻게 된 일이에요?"

"글쎄, 집으로 돌아가고 그다음 날 새벽에 불도 안 켜고 화장실에 가다가 넘어졌지 뭐예요. 이번에는 갈비뼈 골절이래."

아뿔싸! 고관절 골절은 그나마 스스로 보행 연습을 할 수 있었지만 갈비뼈 골절은 그마저도 불가능하고 누워만 있어야 했다.

"이번에도 잘 좀 부탁해요. 이제는 무리하지 않고 물리치료사 선생님 말 잘 들을게요."

이전보다 한층 험난해진 재활 과정이 다시 시작되었다. 그토록 빨리 퇴원하고 싶어 했던 할머니의 요양병원 생활은 그로부터 한참을 더 이어져야 했다.

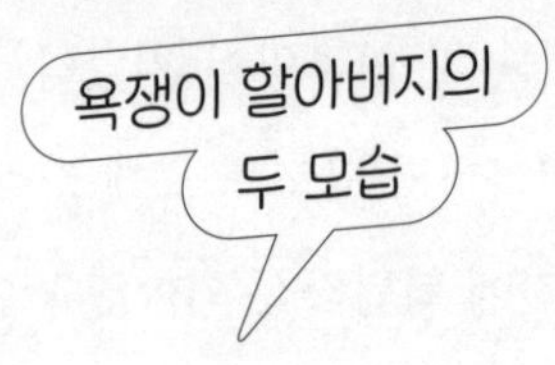

"이덕철 님, 안녕하세요. 물리치료사예요."

"으아아아아아! 이런 XX! 야, XXX! 저리 가!"

인사를 건네자마자 돌아온 것은 서라운드 사운드로 입원실을 가득 채우는 욕설의 향연. 담당 간병사님은 이골이 난 표정으로 들은 채 만 채 가만히 앉아 있다. 나도 별 반응 없이 그저 물리치료를 시작할 준비를 한다. 그러는 동안에도 할아버지는 고래고래 소리를 지른다. 그래도 이 정도면 양호한 편이다. 할아버지가 억지로 일어나려 하지 않고 베드에 누워 있으니까. 속사포같이 쏟아지는 폭언쯤이야 한 귀로 듣고 한 귀로 흘리면 그만이다.

상황이 정반대일 때도 있다.

"이덕철 님, 안녕하세요. 물리치료사예요."

“네! 선생님, 안녕하세요!”

어라, 욕설이 아니라 반가운 인사라니. 이럴 때는 할아버지의 기분이 좋은 날이다. 옆에 앉아 있는 간병사님의 표정도 밝다.

“다리 운동을 해 드릴게요.”

“네, 그래요. 잘 부탁해요.”

물리치료를 하는 동안 할아버지는 내 질문에 대답도 척척 잘한다. 다 마치고 나니 수고했다며 악수도 청한다.

인사를 하고 나면 그날 할아버지의 기분이 좋은지, 안 좋은지 바로 알아차릴 수 있다. 할아버지가 내 인사에 대답해 주면 기분이 좋은 것이고, 인사는커녕 욕설을 하면 기분이 안 좋은 것이다. 할아버지의 반응이 극과극인 것은 치매 때문이다. 할아버지는 치매가 심해지면서 몇 년 전 이 요양병원에 왔다. 가족들에게 듣기로는 치매가 오기 전에도 꽤나 다혈질이었는데, 치매가 심해지면서 하루에도 몇 번씩 감정이 널을 뛰듯 오르락내리락하게 되었다고 한다. 그래서 물리치료를 위해 입원실에 들어갈 때마다 할아버지가 오늘 기분이 괜찮은지 아닌지 잘 살핀다. 안타깝게도 할아버지의 기분은 좋을 때보다 안 좋을 때가 훨씬 많다. 그래서 요양병원 직원들 사이에서는 '욕쟁이 할아버지'로 통했다.

안 그래도 할아버지는 눈이 부리부리해서 인상이 무섭다. 처음에는 할아버지가 나를 째려보기만 해도 긴장되었다. 그 얼굴로 욕설까지 퍼부으면 등골이 오싹해지며 손이 덜덜 떨리기까지 했다. 하지만 1년 넘게 치료하다 보니 할아버지의 거친 반응에 익숙해졌다. 이제 입원실에 들어서면서 간병사님과 눈빛을 교환한다. 간병사님이 눈을 찌푸리고 있으면 욕설을 들을 각오를 단단히 하고 할아버지에게 인사를 건넨다.

할아버지의 기분이 좋지 않은 날은 인사만 간단히 하고 물리치료에만 집중해서 최대한 빨리 끝낸다. 괜히 말이 더 한다든가 치료 시간이 길어지면 그만큼 할아버지의 욕설도 더 많이 듣게 된다. 욕설뿐이면 다행이다. 침 뱉기, 발로 차기, 꼬집기 같은 물리적 공격이 동원되기도 한다. 이럴 때는 한 발짝 물러나 치료를 잠시 중지하거나 미루어야 한다.

어떤 날은 복도를 걸어가고 있는데 저 멀리 입원실에서 고함 소리가 들려온다. 할아버지의 기분이 최악이라 물리치료가 아예 불가능하다는 신호다. 조용히 발걸음을 돌리는 수밖에 없다.

그런가 하면 입원실에 들어가 인사를 해도 할아버지에게서 아무런 대답이 없을 때도 있다. 낮잠에 푹 빠져 있는 것이다. 그럴 때면 그동안 많이 하지 못한 치료를 좀 더 오래 해 드린다. 속으로는 '할아버지, 깨더라도 욕은 조금만 해 주세요' 하고 말하면서.

요양병원에서 상태가 심각한 환자분들은 따로 개인 간병사를 둔다. 할아버지는 지금까지 간병사가 여러 번 바뀌었다. 치매가 심한 데다 폭력성까지 보이니 간병사들이 도저히 못 하겠다며 자꾸 그만두었다. 지금 이 간병사님은 할아버지의 가족들이 수소문해서 어렵게 모셨다고 한다. 치매 환자 경험이 많은 베테랑 간병사에게조차 할아버지는 만만한 환자가 아니다. 간병사님의 팔에는 할아버지에게 차이거나 꼬집힌 자국이 항상 있다.

"간병사님, 오늘도 고생이 많으시네요."

"어휴, 내가 이 일을 15년 넘게 하면서 별별 치매 환자를 다 봤지만 저렇게 난리를 치는 할아버지는 진짜 처음이라니까. 내가 진작에 도망갔어야 하는데."

간병사님은 툴툴거리면서도 할아버지를 꼼꼼히 챙긴다. 듣자 하니 자식들이 사정사정하면서 간병비 외에도 여러 가지로 챙겨 드린다고 한다. 비록 직접 모시지는 못하지만 이렇게라도 아버지를 신경 쓰는 것이다.

그날도 역시나 할아버지의 기분이 안 좋은 날이었다. 입원실 안에 욕설이 울려 퍼졌다. 그래도 물리치료를 못 할 정도는 아니라고 판단되어 다리 운동을 시작했다. 다리를 잡자마자 내 얼굴을 향해 침이 날아왔다. 문제없다. 이런 경우를 대비해 마스크를 착용하고 있었으니까. 얼른 전기치료 패드를 다리에 붙이고 뒤로 물러났다. 할아버지는 다리를 뻗으며 발버둥을 쳤다. 평소보다 다소 격한 반응. 물리치료를 중단해야 하나 잠깐 고민했다. 하지만 내일 다시 온다 해서 그때는 상황이 나아져 있을 거라는 보장이 없다. 다시 할아버지의 다리를 잡았다. 그 순간.

"아이쿠!"

나는 바닥에 엉덩방아를 찧었다. 할아버지의 발길질에 뒤로 밀리며 넘어진 것이다. 내가 가져온 치료 기기까지 덩달아 밀려서 입원실 한쪽으로 굴러갔다.

"저런, 어떡해! 물리치료사님, 괜찮아요?"

간병사님이 나를 부축했다. 엉덩이가 얼얼하긴 했지만 다행히 다친 것 같지는 않았다. 속상함이나 억울함보다도 황당함이 밀려왔다. 할아버지는 퇴행성 관절염을 오래 앓고 있어서 무릎이 많이 뻣뻣하다. 다리 운동을 하는 것도 그 때문이다. 그런데 저렇게 다리를 번쩍번쩍 들어 올리다니.

"아니, 할아버지! 물리치료사님이 넘어졌잖아요. 큰일 나면 어쩌려고 그래요."

"저리 가라고! XXX야, 내가 저리 가라고 했지!"

간병사님이 할아버지를 나무랐지만 돌아오는 것은 욕설뿐. 하기야, 항의가 통하는 환자라면 애초에 발길질을 했겠나. 도리어 내가 간병사님을 말렸다.

"저는 괜찮아요. 별로 안 아파요."

"물리치료사님이 다리 운동을 너무 잘해 드려서 할아버지가 저렇게 세게 찼나 봐."

간병사님의 위로에 피식 웃음이 나왔다. 정말 그런가 하는 생각마저 들었다. 그날은 간병사님의 도움을 받으며 겨우겨우 물리치료를 마쳤다.

다음 날 다시 할아버지의 입원실을 찾았다. 나를 보자

마자 간병사님이 눈웃음을 쳤다. 할아버지의 기분이 괜찮다는 의미다.

"이덕철 님, 안녕하세요. 물리치료사예요. 오늘은 무릎이 좀 어떠세요?"

"안녕하세요. 무릎이야 여전하지 뭐. 다리를 살짝 들기만 해도 아파."

어제의 그 호랑이 같은 힘은 어디서 나왔던 것일까. 참으로 미스터리다.

물리치료를 마치고 정리를 하는데 할아버지가 치료 기기 위에 무언가를 턱 놓았다. 탐스러운 노란 바나나 한 송이. 간병사님이 대신 설명해 주었다.

"할아버지가 어제 미안했다고 주시는 거야. 내려가서 다른 샘들이랑 먹어요."

"정말요? 할아버지, 고맙습니다."

할아버지는 미소를 지으며 손을 흔들었다. 기분이 좋을 때는 천사 같은 욕쟁이 할아버지다.

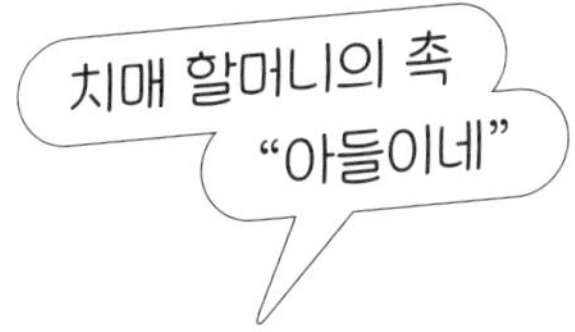

요양병원에서 일하던 중에 첫 아이를 임신했다. 입덧에 시달리기도 하고 전보다 빨리 피로해지기도 했지만 다른 원장님과 직원분들의 축하와 배려 속에 계속 일할 수 있었다. 시간이 지나며 점점 배가 나왔다. 기존의 복장에서 임부복으로 바꿔야 했다. 누가 보아도 임산부 티가 났다. 자연히 어르신들도 내가 임신한 사실을 알게 되었다. 특히 할머니들의 관심이 지대했다.

"세상에, 우리 물리치료사 선생님이 아기를 가졌네. 너무 잘됐다."

"요즘처럼 아기가 귀할 때 임신을 하다니. 축복할 일이네."

"요새 젊은 사람들은 애 안 낳겠다고 그런다던데. 잘

했어, 아주 잘했어.”

할머니들은 불룩 나온 내 배를 스스럼없이 만졌다. 다른 사람들이 묻지도 않고 내 몸을 만지면 거부감이 들기 마련인데 매일 보는 할머니들이 그러는 것은 아무렇지도 않았다. 오히려 뿌듯한 마음이 들었다.

물리치료를 받을 때마다 할머니들은 내게 뭐 하나라도 도움 되는 말을 해 주려고 안달했다.

“여자가 아이를 품었으면 먹는 거부터 조심해야 돼. 특히 엿기름이 든 식혜는 절대 먹으면 안 돼.”

“왜요?”

“그건 나중에 애 젖 뗄 때 젖을 말리려고 먹는 거야. 지금 먹었다가 애 낳고 젖이 안 나오면 큰일이지. 그리고 녹두. 임신했을 때는 녹두도 먹으면 안 돼.”

“녹두는 왜요?”

“몸을 차갑게 하는 음식이거든. 참, 닭 먹을 때 닭 껍질은 빼고 먹어.”

“닭 껍질도 안 좋아요?”

“애 피부가 닭살처럼 우둘투둘해지거든.”

정말인가 싶어 친정 엄마에게 물어보았다. 엄마도 임

신했을 때 들어 본 금기 음식들이라고 했다. 오래전부터 전해 내려오는 속설이었던 것이다. 하지만 의학 정보를 찾아보니 이런 속설들은 과학적 근거가 충분하지 않다고 한다. 지나치게 많이 먹지만 않으면 별 문제 없는 음식들이 대부분이다. 더구나 닭 껍질 때문에 피부가 닭살 같아진다니! 그렇다고 할머니들을 무시하는 마음은 들지 않았다. 내가 무사히 건강한 아이를 낳았으면 하는 바람으로 알려 주신 것이 아닌가.

임산부를 보다 보니 할머니들은 젊었을 적 임신했을 때의 기억이 새록새록 떠올랐나 보다. 할머니들 대부분 아이를 여럿 낳은 베테랑 임산부가 아니었던가. 내게 자신들이 겪은 이런저런 일들을 들려주시곤 했다. 시대가 시대였던지라 할머니들의 이야기는 짠하기 그지없었다.

"우리 영감이 평생 내 속을 썩였어. 사업한답시고 밖으로 돌면서 여자들을 만났거든. 그래도 내가 임신했을 때만큼은 얼마나 살뜰하게 나한테 잘했는지. 뭐 먹고 싶다고 하면 어떻게든 구해 줬지. 그때는 지금같이 음식이 넘쳐나던 시절도 아닌데. 내가 영감 보면 울화통이 터지다가도 그때 기억으로 참고 산 거야."

"내가 우리 첫째를 낳다가 죽을 뻔했어. 애가 하도 안 나오니까 내가 거의 실신을 했다고. 친정 엄마가 의사를 붙잡고 태아는 포기해도 좋으니 제발 우리 딸 좀 살려 달라고 펑펑 울었다니까. 나중에 애 낳고 보니까 내 입술이 다 터졌더라고. 그렇게 낳은 딸이 공부를 잘해서 혼자 힘으로 대학도 가고 유학도 갔다 왔어."

"내가 시집가고서 5년이나 애를 못 낳았지 뭐야. 시어머니가 얼마나 구박을 했나 몰라. 며느리 잘못 들어와서 우리 아들이 자식도 못 보게 생겼다고. 시어머니가 너무 무서워서 똑바로 쳐다보지도 못했어. 그러다 첫 애를 낳으니까 그제야 겨우 며느리로 인정해 주더라고. 그러고서 내가 애를 여덟이나 더 낳았어."

지금 같으면 상상도 못 할 사연들이다. 갖은 고생을 하며 아이를 낳고 키웠던 그 시절 할머니들의 모습을 생각하면 안쓰럽다. 이런 이야기를 들은 날은 조금이라도 더 신경 써서 물리치료를 해 드렸다.

임신 8개월이 되어 배가 남산만 해졌을 때다. 복도에서 걷기 운동을 하고 있던 할머니가 나를 보고 말했다.

"아들이네."

배 속의 아이는 할머니 말대로 아들이었다. 치매를 앓고 있는 분이 어디서 그런 촉이 발동한 것일까.

"어? 어떻게 아셨어요?"

"보니까 배가 넓적하고 옆으로 퍼져 있잖아. 그러면 아들이야."

옆에 서 있던 다른 할머니도 맞장구를 쳤다.

"정말 그렇네. 생긴 게 딱 아들 배야. 아들 맞아?"

"네, 아들 맞아요."

"첫 애부터 턱하니 아들을 가지다니! 장하다, 장해."

사실 나야 아들이든 딸이든 상관없었다. 아들보다 딸을 낳고 싶다는 사람들도 많은 시대가 아닌가. 하지만 할머니들이 젊었을 때만 해도 아들을 낳느냐 딸을 낳느냐에 따라 집안에서 대접이 완전히 달라졌기에 아들이라고 저렇게 좋아해 주시는 것이다. 조금 서글픈 마음도 들었지만 그래도 할머니들의 축하가 감사했다.

첫 아이를 임신한 몸으로 일을 계속하면서도 열 달 가까운 시간을 별 탈 없이 보냈고 출산도 무사히 할 수 있었다. 할머니들의 축복 덕분이 아닐까.

흥의 민족이라서일까. 어르신들은 노래를 참 좋아한다. 요양병원에는 환자분들의 여가를 위한 여러 프로그램이 있는데 그중 가장 인기 있는 것은 단연 노래 교실이다. 자원봉사 가수가 와서 노래를 가르쳐 주기도 하고 함께 노래를 부르기도 하는 시간이다. 처음에는 의자나 휠체어에 앉아 있던 분들이 어느새 자리에서 일어나 박수를 치고 춤을 추며 노래를 따라 부른다. 떠들썩한 잔치가 열린 듯한 광경이 펼쳐진다.

어르신들이 이렇게나 노래를 좋아하는데 고작 일주일에 한 번 있는 노래 교실만으로는 아쉽지 않겠나. 그래서 실장님은 종종 물리치료실에 음악을 틀어 놓는다. 노래 교실에서처럼 큰 소리로는 아니고 배경 음악처럼 잔

잔한 정도로. 유명한 노래가 나오면 한 분 한 분 흥얼거리다가 다 함께 따라 부른다. 때로는 음악을 틀어 놓지 않았는데도 누군가 무반주로 갑자기 노래를 부르기 시작하고 어느 순간 떼창으로 이어진다. 환자분들이 몸 위에 핫팩을 올려놓거나 전기치료기를 꽂은 채 함께 노래하는 모습을 보면 한국인들의 흥은 정말 말릴 수가 없구나 싶다.

실장님이 물리치료실에서 주로 트는 노래는 어르신들이 선호하는 트로트다. 최근에는 임영웅의 노래가 물리치료실의 플레이리스트에서 상위권을 차지하고 있다. 자꾸 듣다 보니 내 취향도 바뀌었다. 전에는 출퇴근을 할 때 주로 최신 가요를 들었는데 이제는 트로트 메들리나 임영웅의 노래를 듣는다.

그런데 트로트가 대세인 물리치료실에서 다른 취향을 가진 분도 있다. 오후 2시 반. 그분이 나타날 시간이다. 휠체어에 앉아 들어오는 그분의 차림새가 유독 튄다. 눈에는 선글라스, 귀에는 커다란 헤드폰. 노래를 어찌나 크게 틀었는지 헤드폰 밖으로 소리가 새어 나온다.

"무슨 노래 들으세요?"

"응? 뭐라고?"

"무슨 노래 들으시냐고요!"

그제야 그분은 헤드폰을 벗는다.

"이거? 김미김미! 아바야."

헤드폰 속에서 나오던 노래의 정체는 스웨덴 팝그룹 아바의 〈김미! 김미! 김미! (Gimme! Gimme! Gimme!)〉였던 것이다.

"아바 들으시는구나. 저도 좋아하는데. 아바 노래 중에 〈댄싱 퀸(Dancing Queen)〉도 있잖아요. 제가 엄청 좋아하는 노래예요."

"물리치료사님이 아바 노래를 어떻게 알아요? 70년대에 나온 노래인데."

"유명하잖아요. 그리고 저 옛날 노래 자주 들어요."

강희석 할아버지는 이 요양병원에서 가장 나이가 적은 환자분들 중 하나다. 사회에서는 60대면 어르신으로 취급받지만 요양병원에서는 젊은 축에 속한다. 파킨슨 증상으로 이곳에 입원하게 되었다고 한다. 할아버지는 물리치료실에 올 때마다 선글라스와 헤드폰을 꼭 착용하고 있다. 헤드폰 속에서 흘러나오는 노래는 70~80년대에 유행한 추억의 올드 팝송이다. 나도 올드 팝송을 좋아해서 아는 티를 내면 그때마다 할아버지는 무척 반가워했다.

"이 노래 좋지요? 내가 옛날에 다방에서 많이 틀었던 노래인데."

할아버지는 젊었을 때 음악다방에서 디제이로 일했다. 실장님이 물리치료실의 디제이라면 할아버지는 진짜 디제이였던 것. 70~80년대 음악다방은 젊은이들이 데이트도 하고 최신 문화도 향유하는 낭만의 공간이었다. 나는 그 세대가 아니라서 음악다방이라는 곳에 가 본 적은 없지만 드라마에서 본 적은 있다. 멋들어진 차림의 장발 디제이가 유리 부스 안에 앉아 팝송을 틀고 부드러운 목소리로 설명해 주는 모습.

"내가 어릴 적부터 팝송을 참 좋아했어요. 우리 부모님은 딴따라 음악에 관심 가지면 안 된다고 혼냈지만 그런다고 말려지나. 음악다방 디제이가 되고서 얼마나 기뻤나 몰라요. 팝송을 실컷 들을 수 있으니까. 일하는 게 너무 재미있었어요. 새로 나온 팝송을 소개하는 것도 재밌고 사람들 신청곡을 틀어 주는 것도 재밌고. 일부러 나 보러 오는 손님들도 있었지요. 팬클럽이랄까, 하하."

할아버지는 디제이로 오래 일하지는 못했다. 박봉의

디제이 일로는 가족을 부양하기 힘들었기에 트럭 운전사로 전직해 전국을 돌며 돈을 벌었다. 그 돈으로 네 남매를 키웠다. 하지만 음악다방을 떠나고도 팝송에 대한 애정은 변하지 않았다. 언제나 팝송을 들으며 운전을 했고 요양병원에 있는 지금도 수시로 팝송을 듣는다.

한번은 할아버지가 무언가를 자랑스레 들어 보였다. 작은 MP3 플레이어였다.

"우리 손주가 여기에 팝송을 넣어 줬어요. 이 작은 거 안에 500곡이나 들었대. 옛날에는 노래 하나 들으려고 커다란 LP판을 틀었는데. 세상 참 좋아졌어."

할아버지는 MP3 플레이어로 팝송을 듣다가 제목이 생각나지 않으면 내게 물어보았다. 자신보다 훨씬 젊은 물리치료사가 올드 팝송을 좋아한다는 사실이 할아버지에게 퍽이나 인상적이었나 보다. 내가 아는 노래면 제목을 적어 드리고, 모르는 노래면 핸드폰의 음성 검색 기능을 이용해 찾아서 알려 드렸다.

예술적 기질이 있는 분이라서 그런지 할아버지는 마음도 참 여렸다. 가족들과 영상 통화를 하다가 자주 눈물을 보였다. 가족들이 면회를 마치고 돌아가고 나면 며칠

씩 우수에 젖은 눈빛으로 창밖을 바라보았다. 그럴 때도 할아버지의 머리에는 헤드폰이 있었다. 아마도 헤드폰 속에서 슬픈 팝송이 울려 퍼지고 있었으리라.

할아버지가 가장 좋아하는 팝송은 아바와 사이먼앤가펑클의 곡이었다. 어느 날 실장님이 할아버지를 위해 사이먼앤가펑클의 대표곡 〈브리지 오버 트러블드 워터(Bridge Over Troubled Water)〉를 틀었다. 할아버지는 눈을 지그시 감고 물리치료실 안에 흐르는 노래를 감상했다. 갑자기 할아버지의 눈에서 눈물이 후드득 떨어졌다.

"왜 우세요? 어디 불편하세요?"

"내가 좋아하는 노래를 들려주니까 너무 고마워서 그래요. 감동받았어요."

"앞으로도 종종 틀어 드릴게요."

"고마워요. 정말 고마워."

그날은 할아버지의 물리치료가 끝날 때까지 계속 올드 팝송을 틀어 드렸다. 비록 몸은 요양병원 물리치료실에 있지만 할아버지의 마음은 기억 저편의 음악다방으로 여행을 떠나기를 바라며.

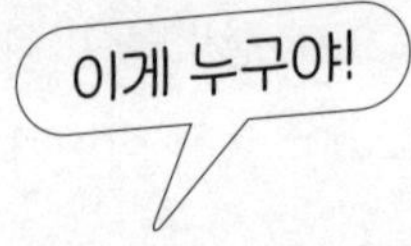

처음으로 요양병원에서 일하기 시작한 지 고작 이틀
째 되던 날이었다. 일반 병원 물리치료실과는 다른 부분
이 많아서 새로운 기기들을 익히느라 정신이 없었다. 그
중에서도 '틸팅 테이블'이라는 기기가 있었다. 스스로 움
직이기 힘들어 침상에 오래 누워 있는 환자들이 서 있
는 자세를 연습하고 다리 근육과 허리 근육을 단련하도
록 해 주는 기기다. 기립 훈련의 일환이라고 할 수 있다.
한 어르신이 간병사의 도움을 받아 틸팅 테이블에 누웠
다. 차트를 살펴보니 3년 전 고관절 수술과 무릎 수술을
한 후로 상태가 지속적으로 악화되어 지금은 걷기 힘든
상태였다. 다른 요양병원에 있다가 최근에 이곳으로 옮겼
다는 사실도 알 수 있었다. 환자분의 몸에 벨트를 채운 다

음, 리모컨을 이용해 틸팅 테이블이 서서히 서도록 했다. 어르신의 얼굴도 서서히 나를 향해 올라왔다. 그 얼굴이 어딘가 낯익었다.

'전에 본 적이 있는 분 같은데…… 어디서 봤더라…… 어디서 봤지…… 아!'

생각이 났다. 바로 이씨 아줌마가 아닌가.

부모님은 가게를 운영하며 우리 세 남매를 키웠다. 이씨 아줌마는 남편인 이씨 아저씨와 함께 오랫동안 부모님의 가게에서 일했다. 두 분이 없었다면 가게가 원활히 운영되지 못했을 것이다. 사실 아줌마의 성은 이씨가 아니라 박씨였다. 하지만 남편을 따라 이씨라고 부르는 것이 익숙해져 버렸다.

10여 년 전 내가 결혼할 때도 이씨 아줌마는 부모님의 가게에서 계속 일하고 있었다. 내 결혼식에도 와서 덕담을 해 주었다. 세월이 지나 연로해진 부모님은 힘이 부쳐 가게를 접게 되었지만 이후에도 부모님은 이씨 아줌마, 이씨 아저씨와 연락을 이어 갔다. 나도 간간이 부모님으로부터 두 분의 소식을 듣곤 했다. 그런데 뜻밖에도 이씨 아줌마를 요양병원에서 마주치게 되다니.

"안녕하세요. 저 기억하세요?"

조심스럽게 인사를 건네자 이씨 아줌마는 의아한 표정으로 나를 빤히 보았다. 그리고 몇 초 만에 이씨 아줌마의 입꼬리가 위로 올라갔다.

"하하하, 이게 누구야! 남 사장님 딸 아냐? 기란이! 기란이 맞지?"

"네, 네. 저 기란이에요. 기억하시네요."

"그럼 기억하지. 내가 너 어릴 때부터 죽 봤는데."

"제 결혼식에도 오셨잖아요."

"맞아, 그랬지. 아들하고 딸 낳았다고 너희 어머니가 얘기해 줬어. 애들은 잘 커?"

"네, 둘 다 잘 크고 있어요."

"어머니, 아버지도 잘 계셔? 건강하시지? 작년에 요양병원 들어온 후로는 통 연락을 못 했어."

"부모님도 건강하세요. 이씨 아저씨는 잘 계세요?"

"응, 아저씨는 잘 있어."

이씨 아줌마, 이씨 아저씨와의 추억이 새록새록 떠올랐다. 부모님 가게의 직원이지만 단순한 고용인과 피고용인 사이를 넘어 가족처럼 가까운 사이였다. 두 분 다 우리

세 남매를 무척 귀여워했다. 명절이면 옷을 사 주거나 용돈을 쥐어 주기도 했다.

어느 날은 유치원이 끝나고 집에 가니 이씨 아줌마가 나를 맞아 주었다. 보통 이 시간에는 부모님이 집에 와 있는데 그날따라 가게에 급한 일이 생겨 대신 이씨 아줌마에게 나를 부탁한 것이다. 아줌마가 만들어 준 간식을 먹고서 아줌마와 나란히 앉아 텔레비전을 보며 부모님을 기다렸다. 좋아하는 프로그램을 실컷 볼 수 있어 부모님이 늦게 오기를 은근히 바랐다.

그날 퇴근하고 부모님에게 전화를 걸어 이씨 아줌마를 만난 이야기를 전했다. 항상 내가 소식을 전해 들었는데 이번에는 전하는 입장이 된 것이다.

"네가 일하는 요양병원에 이씨 아줌마가 있다고? 어째 통 연락이 안 되더라니. 상태가 많이 안 좋아?"

"잘 움직이진 못하지만 의식은 또렷하세요. 저도 잘 기억하시고."

부모님은 뜻밖의 소식에 무척이나 반가워하면서 동시에 안타까워했다. 이씨 아줌마가 건강하게 지낸다는 소식이면 더 좋았으련만. 그래도 끊어진 줄만 알았던 인연이 이렇게 다시 이어지게 되었으니 얼마나 다행인가.

"아줌마가 잘 걸을 수 있게 네가 물리치료를 잘해 드려라."

부모님은 거듭 신신당부했다. 그 시절 이씨 아줌마에게 나를 부탁했던 부모님이 이제는 내게 이씨 아줌마를 부탁하고 있다.

며칠 후 또다시 물리치료실을 찾은 이씨 아줌마가 내게 무언가를 내밀었다. 5만 원짜리 지폐였다.

"웬 돈이에요?"

"용돈이야. 간식 사 먹으라고. 일하느라 피곤할 텐데."

"아이, 안 주셔도 괜찮아요. 넣어 두세요."

"받아. 내가 주고 싶어서 그래."

"직원이 환자분한테 이런 거 받으면 큰일 나요. 저 혼나요."

몸이 불편한 상황에서도 용돈을 주려 하시다니. 이제는 환자와 물리치료사의 관계라 해도 이씨 아줌마의 눈에 나는 여전히 꼬맹이인가 보다. 내가 한사코 손사래를 치자 아줌마는 못내 아쉬워했다. 그러더니 다음 날에는 입원실에 있는 간식을 싸서 가져다주셨다.

"우리 기란이가 힘들게 일하는데 아줌마가 이 정도는
해 줘야지."

어떻게든 챙겨 주려는 아줌마의 마음씀씀이가 너무
나 감사했다.

아줌마는 차츰차츰 나아져 마침내 조금씩이나마 걸
을 수 있게 되었다. 부모님은 자주 아줌마의 안부를 묻고
함께 걱정해 주었다. 엄마는 아줌마와 전화 통화를 하기
도 했다.

가깝게 지내던 사람을 병원에서 마주치면 꼭 반갑지
만은 않다. 병원에 왔다는 것은 어딘가 아프다는 의미니
까. 요양병원이라면 더욱 그렇다. 그러니 물리치료사로서
내가 할 수 있는 최선을 다해 드리는 것으로 마음을 전하
는 수밖에. 동시에 병원에서 만나는 다른 환자분들도 누
군가의 소중한 가족이고 이웃이라는 사실을 항상 새기려
한다.

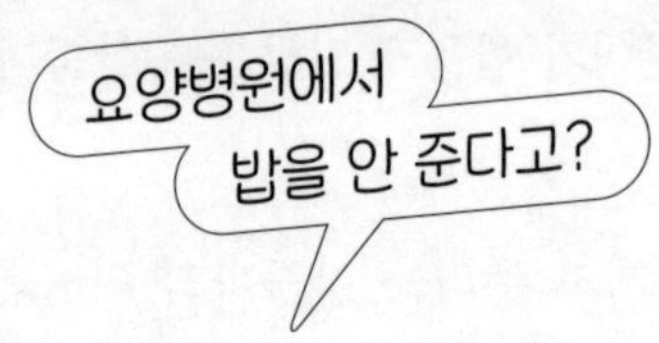

점심시간에 원무과 직원 지혜 씨와 같은 탁자에 앉았다. 언제나 생글생글 미소를 짓고 있는 지혜 씨가 이날따라 울상이다.

"표정이 왜 그렇게 안 좋아요? 무슨 일 있어요?"

"그게요…… 환자분 따님에게 전화가 왔는데요……."

요양병원 환자들은 거의 다 어르신이다 보니 대개 자식이 보호자 역할을 한다. 아픈 부모님을 직접 모시지 못하고 요양병원에 입원시켜 놓았으니 마음이 편할 리 없다. 하지만 생업에 치여 자주 찾아뵙지도 못한다. 그래서 대신 부모님과 직접 전화 통화를 하거나 병원 직원 또는 간병사에게 전화를 걸어 부모님의 안부를 확인한다.

그런데 최근에 입소한 어느 할머니의 따님이 원무과

로 전화를 걸어서는 분노한 목소리로 한참이나 따졌다고
한다.

"요양병원에서는 밥도 안 주나요? 자꾸 엄마가 전화
해서 우세요. 밥이 안 나와서 배고프다고. 엄마 말씀 들으
면서 제가 마음이 너무 아팠어요. 연세도 많은 환자를 굶
게 하면 어떡해요."

컴플레인 내용을 전해 듣고는 황당했다. 요양병원에
서 환자를 쫄쫄 굶기다니 있어서는 안 되는 일이 아닌가.

"그분한테만 실수로 식사가 안 나갔나요?"

"그럴 리가요. 진짜로 그러면 큰일 나게요. 그 환자분
이 치매가 있거든요. 밥을 먹고서도 돌아서면 바로 잊어
버리세요."

"아……."

"얼마나 잘 드시는데요. 식판을 싹싹 비우신다고요.
근데도 밥 먹었던 게 생각이 안 나니 자꾸 더 달라고 하
세요. 그렇다고 밥을 한도 끝도 없이 더 드리면 안 되잖아
요. 그러니 밥을 안 준다고 씩씩대다가 딸한테 전화해서
배고프다고 우시나 봐요."

"따님한테 잘 설명해 드려야겠네요."

"설명해 드렸죠. 어머님 상태도 말씀드리고. 그런데도 소용이 없어요. 이번 주말에 방문해서 밥이 제대로 나오는지 봐야겠대요. 그러시라고 했어요. 직접 보고 나면 오해가 풀리겠죠."

따님이 그렇게 예민하게 나온 것은 바로 밥과 관련된 문제이기 때문이리라. 한국인은 밥심으로 산다고 하지 않나. "밥 먹었니"라는 말로 인사를 나누는 민족이 바로 한국인이다. 몸도 성치 않은 어머니가 밥을 못 먹고 있다 하니 이성적인 판단을 하지 못하고 거세게 항의한 것도 이해가 되었다.

요양병원 물리치료실에서도 밥에 대한 이야기가 자주 오간다. 오전에는 아침 식사 메뉴가 무엇이었는지, 오후에는 점심 식사 메뉴가 무엇이었는지가 화제에 오른다. 대개는 물리치료사들이 먼저 질문을 드린다.

"오늘 아침 식사로 뭐 나왔어요?"

"갈비탕 나왔어."

"오, 갈비탕이요? 갈비탕 좋아하세요?"

"그럼, 좋아하지. 아주 부드럽더라고."

"점심 식사는 뭐 드셨어요? 맛있게 잡수셨어요?"

"콩국수가 나왔는데 한 그릇 다 비웠어."

"병원 식당에서도 점심에 콩국수 나왔어요. 오늘 메뉴는 콩국수로 통일이었나 봐요. 맛 괜찮던데요."

"여기 병원 밥 만드는 분이 콩국수를 참 잘해."

일반 병원 물리치료실에서는 환자분들과 이렇게 밥을 가지고 시시콜콜 대화를 나누지 않는다. 식사 이야기가 나오더라도 간단히 묻고 넘어가는 것이 보통이다. 그래서 처음 요양병원에서 일하기 시작했을 때는 실장님이 어르신들에게 식사 질문을 하는 것이 어색하게 느껴졌다. '왜 자꾸 뭐 먹었는지 물어보실까?' 하고 의아해했다. 하지만 지켜보다 보니 그것이 실장님의 노하우라는 사실을 알게 되었다. 식사 메뉴로 이야기를 시작하면 어르신들은 거부감 없이 자연스럽게 대답을 한다. 그렇게 대화가 이어지다 보면 어르신들 입장에서 고되고 번거로운 물리치료 과정이 한결 수월하게 진행될 수 있다.

물론 밥을 잘 먹었다, 맛있었다 하는 이야기만 오가는 것은 아니다. 가끔은 병원 밥에 대한 불평불만이 나올 때도 있다. 특히 평생 가족의 식사를 책임졌던 할머니들의 평가는 깐깐하기 그지없다.

"오늘 다른 반찬들은 먹을 만했는데 깍두기가 영 아니었어."

"깍두기가 왜요?"

"아삭하지 않고 이상하게 쉰 맛이 나더라고. 며칠 전이랑 확 달라. 다른 업체에서 사 온 건지 원."

워킹맘이라는 공통점을 가진 실장님과 나는 퇴근 시간이 가까워지면 고민에 빠진다. 집에 가서 저녁 식사로 무엇을 먹을까. 그럴 때 요리 고수 할머니들에게 물어보면 답이 척척 나온다.

"이런 날은 닭볶음이 딱이지. 닭볶음을 할 때는 닭을 끓는 물에 먼저 튀기듯이 데쳐."

"국수를 제대로 하려면 양념간장을 잘 만들어야 해. 간장을 따로 하고 각자 떠서 넣어 먹게."

"요새 무가 제철이잖아. 이럴 때 무생채를 만들면 밥도둑이 따로 없지."

어찌나 열정적으로 설명해 주시는지. 나이가 아흔이 다 된 할머니들이 어릴 적부터 가족들을 위해 지은 집밥을 아직까지 잊지 않고, 그것도 특별 팁까지 다 기억하고 알려 주신다. 어디서도 쉽게 만날 수 없는 생활 속 지혜요, 특별 요리 강의다. 숨은 고수에게 요리를 제대로 배우는 기분이다.

딸에게 전화해 병원에서 밥을 안 준다고 하소연한 할머니도 예전에는 얼마나 많은 밥을 직접 지었을까. 그토록 밥을 잘하고 잘 아는 분이 조금 전에 먹은 밥조차 기억하지 못하다니. 너무나 아이러니하면서도 속상한 일이 아닌가. 비록 금세 잊어버리게 되더라도 밥을 입에 넣는 그 순간만큼은 즐거우셨으면 하는 바람이다.

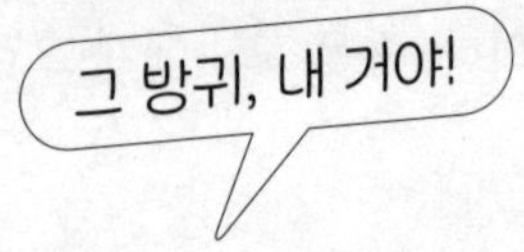

물리치료실에서 걸음이 불편한 배승길 할아버지의 무릎에 핫팩을 올리고 있을 때였다. 할아버지가 허리를 살짝 드는가 싶더니 작은 소리가 났다.

"뿌우웅."

나는 아무 반응도 하지 않았다. 마치 방귀 소리를 아예 듣지 못한 듯이. 사실 새삼스러운 일도 아니다. 배승길 할아버지가 물리치료를 받을 때마다 방귀 소리를 들었기에 조금도 개의치 않은 것이다.

하지만 아무리 내가 개의치 않는다 한들 점점 퍼져 가는 방귀 냄새까지 막을 수는 없다. 머릿속에 떠오른 생각은 얼른 물리치료실 입구에 있는 환풍기 버튼을 눌러야 한다는 것. 그런데 옆에서 다른 환자분을 보던 실장님이 조용히 움직이더니 환풍기 버튼을 눌렀다. 이 정도면 이심전심이 아닌가. 나도 나름 개코라 자부하지만 그런 나보다 더 초강력 개코의 소유자인 실장님이 방귀 냄새를 놓칠 리 없다.

하지만 타이밍이 조금 늦었나 보다. 다른 어르신이 코를 쿵쿵하더니 큰 소리로 말했다.

"누가 방귀 꼈어? 대체 누구여?"

정작 방귀 주인 배승길 할아버지는 조용한데 저편에 있는 베드에서 어느 할머니의 대답이 들려왔다.

"내 방귀여!"

이번에는 또 다른 베드에 있던 할머니가 대답했다.

"어? 내 방귀인디."

마침내 배승길 할아버지가 이실직고했다.

"나여, 나. 내가 꼈어요."

그런데 상황이 종료되기는커녕 세 명이서 서로 자신이 방귀를 낀 장본인이라고 주장하는 상황이 펼쳐진다.

"아니여, 나라니까 그러네."

"무슨 소리여. 딱 내 방귀구먼."

"하 거 참! 내가 꼈다니까."

이쯤 되자 애초에 방귀가 하나였는지 셋이었는지조차 헷갈린다. 결국 물리치료실 안에 있는 사람들이 모두 한바탕 웃으며 유쾌하게 마무리되었다.

이번에는 다행히 잠깐의 에피소드로 지나갔지만 물리치료실에서는 방귀에도 주의를 기울여야 한다. 요양병원 어르신들 중에는 배변 처리를 스스로 하는 것이 어려워 기저귀를 착용하고 있는 분이 많다. 그런데 평소 기저귀를 착용하지 않는 어르신이라도 컨디션이 나쁘면 배변 실수를 하기도 한다. 물리치료를 받는 도중에 소변이나 대변이 나와서 옷에 묻는 경우가 왕왕 있다. 이럴 때는 일단 어르신이 잠시 안정을 취하게 한 다음 입원실로 돌아가 옷을 갈아입도록 조치한다. 그러니 방귀 소리가 나면 단순히 방귀뿐인지 아니면 배변 실수인지 곧바로 파악해야 한다.

어르신들의 배변 실수도 방귀처럼 언제든 일어날 수 있는 일이기에 덤덤하게 대처한다. 그런데 배변 실수를 유독 부끄럽게 여기는 분들도 있다. 김정자 할머니가 그랬다. 할머니는 평소 유독 깔끔한 분이었다. 물리치료실에 오면 환자복 위에 걸치고 있던 겉옷을 벗어 베드 머리

맡에 가지런히 개어 두었다. 보행 보조기와 신발은 베드 앞에 일렬로 맞춰 두었다. 할머니의 보행 보조기는 언제나 먼지 없이 반짝반짝 윤이 났다. 할머니가 누웠다가 일어난 베드도 언제나 주변이 깨끗했다. 그런데 하루는 물리치료 도중에 할머니의 베드가 축축한 것이 느껴졌다. 이런! 소변이 새어 나와 핫팩과 환자복 그리고 베드까지 흥건히 젖은 것이었다. 할머니는 이 사실을 전혀 모르는 눈치였다. 그러고 보니 요즘 할머니가 치료를 받다가 자주 화장실을 찾았던 것이 생각났다. 목소리를 낮추어 할머니에게 물었다.

"할머니, 혹시 소변 마려우셨어요?"

"조금 마렵긴 했는데 내가 참았어요."

"지금 소변이 나와서 할머니 옷이 젖었어요. 여기 보세요."

"아이고, 정말? 이게 다 뭐여!"

할머니는 화들짝 놀라 소리를 높이다가 이내 주위를 살피더니 내게 속삭였다.

"이거 아무한테도 말하지 마요. 나 창피하니께."

나도 더욱 목소리를 낮추어 속삭였다.

"네, 네, 그럴게요. 그래도 간호사 샘한테는 말씀드려야 해요. 입원실에 올라가서 옷 갈아입으셔야 하니까요."

"아휴, 알았어요."

병동에 전화를 걸어 할머니를 모셔 갈 간병사님을 호출했다. 주변의 다른 어르신들이 상황을 알아채지 못하게 신속히 할머니를 옮기고 베드를 정리했다. 그리고 담당 간호사 선생님에게 전화를 걸어 자초지종을 말했다.

"그런 일이 있었군요. 김정자 할머니가 최근 들어서 입원실에서도 소변 실수를 몇 번 하셨어요."

"그러면 기저귀를 착용하셔야 하지 않을까요?"

"기저귀를 권해도 할머니가 완강히 거부하세요. 본인이 기저귀가 필요할 정도로 배변에 문제가 있다는 걸 받아들이기 힘드신가 봐요. 워낙 깔끔한 성격이시잖아요."

배변이 자기 맘대로 조절되지 않는 것은 자연스러운 노화의 일부다. 하지만 워낙 민감한 부분이다 보니 그러한 변화를 인정하고 싶지 않은 마음도 이해가 간다. 김정자 할머니는 배변 실수를 너무도 수치스럽게 여겼고 그날 이후 눈에 띄게 침울해했다. 기저귀가 필요하지 않다고 고집을 부리는 것은 물론이고 짜증을 내거나 식사를 거부하기도 했다. 그럴수록 의료진이 반복적으로 설명을 드렸고 가족들도 함께 설득에 나섰다.

그리던 어느 날. 물리치료실에 들어온 김정자 할머니의 표정이 밝았다. 할머니가 내 귀에 대고 작은 목소리로 말했다.

"선생님, 나 기저귀 했어요."

"정말요? 잘하셨어요."

"기저귀 이름이 '봄날'이더라고요. 이름이 이쁘지요? 나 기저귀 했으니까 이제 실수 안 해요."

이렇게 말하며 한쪽 눈을 찡긋하고 윙크하는 김정자 할머니. 그 얼굴이 어찌나 어여쁘던지. 깔끔쟁이 할머니가 더 깔끔해져서 봄날 같은 환한 모습으로 돌아왔다.

"귀가 참 예쁘게 생겼네!"

이 말을 들은 것은 뇌졸중으로 입원한 조명숙 할머니의 운동 치료를 하고 있을 때였다. 조명숙 할머니는 의식이 또렷하지 않아 말씀을 전혀 못 하는데 누가 한 말일까? 바로 옆 베드에 있는 박춘임 할머니였다.

"네? 저한테 하신 말씀이에요?"

"응, 그럼. 물리치료사 선생님 귀 보고 한 말이지."

그러고 보니 물리치료를 시작한 직후부터 박 할머니의 뜨거운 눈길이 느껴지긴 했다. 왜 오늘따라 나를 유심히 쳐다보시는 걸까. 얼굴에 뭐가 묻었나? 들어오기 전에 분명 거울을 잘 봤는데. 옷매무새가 흐트러졌나? 평소와 딱히 다를 바가 없는데. 의아했지만 할머니가 별 말씀이 없길래 나도 굳이 묻지 않았다. 그런데 갑자기 내 귀를 칭찬한 것이다.

"제 귀가 예뻐요? 그냥 평범하게 생겼는데."

"예뻐, 아주 예뻐. 부처님 귀 같은 모양이야."

"세상에! 부처님 귀요?"

"그래, 그래. 아주 복스러운 귀야."

귀를 칭찬받을 줄이야! 지금까지 살면서 처음 있는 일이다.

평소 박춘임 할머니는 잘 걸어 다니고 말씀도 잘한다. 요양병원에서 이 정도면 상위 10퍼센트의 건강한 환자다. 하지만 물리치료사 입장에서는 대하기 쉽지 않은 분이기도 하다. 물리치료실에 오면 짜증도 많고 요구도 많기 때문이다.

"핫팩이 너무 차갑잖아. 지금 당장 갈아 줘."

"왜 이렇게 시끄러워. 사람들 좀 조용히 하게 해 줘."

"너무 천천히 하고 있잖아. 빨리빨리 해 줄 수 없어?"

물리치료실에 박춘임 할머니가 나타나면 나도 모르게 긴장이 되었고, 치료 도중에 할머니가 인상을 쓰면 '또 무슨 불만이 있어서 저러시나' 하는 생각부터 들었다. 그런데 입원실에서 만난 할머니는 어쩜 이렇게 밝게 웃으며 말씀하실까. 게다가 지금껏 그 누구에게도 주목받은 적 없는, 나 자신조차 제대로 살펴본 적 없는 내 귀를 예쁘게 봐 주시다니. 할머니에게 다가가 귀를 더 가까이 보여 드렸다.

"정말 제 귀가 예뻐요? 정말요?"

"정말이지 그럼."

"감사합니다. 할머니 귀도 예뻐요!"

"귀가 예쁘면 복이 많은 법이야. 우리 물리치료사 선생님은 잘 살 거야."

덕담까지 들으니 하늘로 날아갈 것만 같다.

또 어느 날은 치료 기기를 밀며 복도를 걸어가다가 송진규 할아버지와 마주쳤다. 뇌졸중으로 오른쪽 팔과 다리가 불편해 한창 걷기 운동을 하는 중이었다. 의례적인 인사를 하고 지나가려는데 할아버지가 말했다.

"남 선생은 장군이야, 장군!"

"장군이요?"

"걷는 게 꼭 장군처럼 늠름해. 어깨도 딱 벌어지고."

장군감이라는 칭찬은 어릴 때부터 자주 들었다. 부모

님에게 기골이 장대한 체형을 물려받은 덕분이다. 예전에는 이런 칭찬이 싫었다. 예쁘다, 귀엽다, 여리여리하다는 칭찬이 듣고 싶었다. 하지만 이제는 진심으로 기뻐한다.

"할아버지가 보시기에 제가 장군 같아요? 그럼 남 장군이라고 불러 주세요."

"그래야겠네. 남 장군, 하하."

송진규 할아버지는 너털웃음을 터트렸다. 평소에도 잘 웃는 할아버지이긴 하지만 이렇게까지 복도가 울리도록 큰 소리로 웃는 모습은 처음이다.

"옛날에 운동 좀 했지?"

"네. 저 달리기 꽤 잘했어요. 태권도도 하고 수영도 했고요."

"어쩐지. 그래서 이렇게 장군이 되었구먼. 내가 제대로 봤네."

물리치료라는 것이 몸을 쓰는 일이다 보니 힘이 부치고 피곤이 쌓일 때도 많다. 더구나 요양병원은 일반 병원보다 훨씬 더 상태가 안 좋은 환자분들이 모여 있다 보니 더욱 지치기도 한다. 그런 날은 빨리 끝내고 집에 가서 쉬고 싶다는 생각으로 머릿속이 꽉 찬다. 하지만 그러다가도 어르신들에게 칭찬을 들으면 축 처져 있던 몸에서 불끈 힘이 난다.

"나는 남 선생님이 해 주는 치료가 가장 맘에 들어."

"남 선생님은 웃기도 잘하고 인사도 잘해서 좋아."

"남 선생님 덕분에 움직이는 게 더 편해졌어."

나는 굳어 있던 얼굴을 펴고 환하게 웃으며 대답한다.

"감사해요! 덕분에 제가 기운이 나요!"

때로 힘들고 지칠 때면 나 혼자 버티고 있다고 생각했는데, 어르신들은 그런 나를 바라보며 웃고 나를 아껴 주고 있었다. 칭찬으로 좋은 기운을 선물해 주고 힘을 북돋아 주는 어르신들. 나는 어르신들의 칭찬을 먹고사는 물리치료사다.

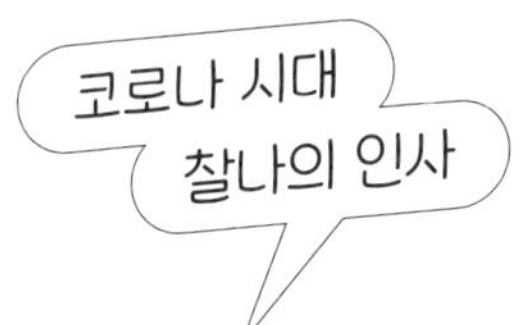

2020년 세상이 갑자기 멈춰 버렸다. 코로나19 팬데믹이 시작된 것이다.

요양병원에 입원해 있는 어르신들 중에는 호흡기 질환이나 심혈관계 질환을 앓고 있는 기저질환자가 많고, 특정한 질병은 없더라도 면역력이 떨어져 있는 분도 많다. 그렇다 보니 평소에도 감기나 독감이 유행한다 하면 요양병원에서는 신경이 곤두선다. 그런데 이번에는 듣도 보도 못한 훨씬 위험한 질병이 유행한다니. 요양병원은 초비상 상황에 돌입했다. 아마도 코로나19 팬데믹이 시작되고서 가장 긴장도가 높았던 곳들 중 하나가 요양병원이 아닐까 싶다.

요양병원 직원들은 모두 '고위험시설 종사자'로 분류

되어 일주일에 두 번씩 PCR(유전자증폭) 검사를 받아야
했다. 설이나 추석으로 긴 연휴가 있게 되면 중간에 출근
해서 PCR 검사를 받아야만 연휴 이후에 정상 근무를 할
수 있었다. 코로나19 백신이 나왔을 때는 최우선 접종 대
상이 되었다. 이렇게 조심하고 또 조심하는데도 지역 안
의 다른 요양병원에서 코로나 확진자가 발생했다는 소식
이 들려왔다. 그럴 때면 원장님은 굳은 표정으로 부서를
돌며 직원들을 단속했다.

"개인위생을 철저히 하세요. 피치 못할 사정이 있는
게 아니면 외출을 삼가고요. 우리가 맡고 있는 환자분들
을 생각해서 주의해야 합니다."

팬데믹이 시작되고 요양병원에서는 많은 것이 달라
졌다. 매주 한 번씩 열리는 노래 교실도, 굽은 손으로 예
쁜 꽃이며 동물을 만들 수 있는 종이접기 수업도, 하하호
호 소리 내어 맘껏 웃을 수 있는 웃음 치료 프로그램도
사라졌다. 더구나 모두가 항상 마스크를 끼고 대화를 최
소한으로 하니 요양병원 안에는 적막이 감돌았다.

무엇보다도 가장 아쉬운 점은 면회가 완전히 차단되
었다는 사실이었다. 어르신들은 그리운 가족을 만날 수

있는 면회 시간을 손꼽아 기다리곤 한다. 팬데믹 이전에
는 배우자나 자식들이 언제든 입원실까지 직접 방문할
수 있었다. 손도 잡고 끌어안기도 하며 하하호호 이야기
꽃을 피웠다. 때로는 가족들이 어르신을 요양병원 밖으로
모시고 나가 꽃구경도 하고 외식도 하고 집안 행사를 치
르기도 했다. 하지만 감염을 차단해야 한다는 목적 앞에
서 그런 소소한 행복마저 끊겼다.

대신 병원 1층의 로비에는 매일같이 택배 상자가 수
북히 쌓였다. 보고 싶은데 볼 수가 없으니 가족들이 택배
로 마음을 보내는 것이다. 명절 때면 택배가 몇 배로 늘어
나 발 디딜 틈조차 없었다. 어르신들은 택배 안에 담긴 이
런저런 선물을 확인하고 좋아하다가도 이내 한숨을 쉬었
다. 아무리 좋은 물건도 가족에 대한 그리움을 채워 줄 수
는 없기 마련이니까.

몇 달이면 끝날 줄 알았던 팬데믹은 해를 넘겨 이어졌
다. 면회 금지도 풀리지 않고 계속되었다. 전쟁통도 아닌
데 가족과 생이별이라니. 그나마도 비대면 면회가 허락된
기간에는 요양병원 입구에서 서로의 얼굴을 바라볼 수
있었다. 굳게 닫힌 유리문을 사이에 두고 어르신은 문 안

쪽에서, 가족들은 문 바깥쪽에서. 유리문 너머로 울고 있는 가족들을 향해 어르신들은 오히려 웃으며 위로했다.

"왜 울고 그래. 이렇게 보는 게 어디야. 그래도 난 이 안에 있으니까 괜찮아. 조심히들 다녀."

하지만 짧기만 한 면회 시간이 끝난 후 뒤돌아서는 어르신의 눈가에는 눈물이 고여 있었다. 가족들이 걱정할까 봐 애써 밝은 표정을 짓고 있었지만 사실 속으로는 가족들 이상으로 울고 있었나 보다. 그 모습을 보는 우리도 눈시울이 붉어졌다.

비대면 면회마저 금지된 기간에는 영상 통화가 가족들을 볼 수 있는 유일한 방법이었다. 핸드폰 사용이 서툰 분들은 주기적으로 방문하는 사회복지사의 도움을 받아야 했다. 사회복지사가 가족들과 미리 약속을 잡아 놓고 그 시간에 맞추어 영상 통화를 하는 것이다.

아들과 영상 통화를 마치고 나면 아이처럼 큰 소리로 우는 할아버지가 있었다. 애처로울 정도로 너무나 서러운 울음이었다.

"그러다 탈 나시겠어요."

"알아요, 나도 아는데…… 그래도 눈물이 나는 걸 어

떡해.”

“다음에 또 아드님이랑 영상통화 하시면 되죠.”

“내가 자식이라고는 아들 하나밖에 없어. 우리 아들만 보고 살았지. 죽기 전에 우리 아들 한 번만 만날 수 있으면 소원이 없겠어. 내가 바라는 건 그것뿐이야.”

면회 금지가 이어지던 어느 날이었다. 내가 일하는 물리치료실은 요양병원의 1층에 위치해 있었다. 한 할머니가 치료를 마치고 입원실로 돌아가기 위해 복도로 나섰다. 그때 멀리서 누군가의 외침이 들렸다.

“엄마, 엄마!”

할머니는 어리둥절해하다가 눈을 반짝였다.

“우리 딸 목소리 같은데? 우리 딸이 왔나? 면회 못 하는데 어떻게 왔지?”

“어머님, 밖에서 나는 소리 같은데요.”

할머니와 나는 창밖을 내다보았다. 복도 바깥에는 넓은 정원이 있고 그 너머로 주차장이 있는데 그 주차장에서 한 여성이 두 손을 휘휘 내젓고 있었다.

“엄마, 여기야, 여기! 나 혜영이야! 나 보여요?”

할머니의 따님이 물리치료가 끝나는 시간에 맞추어

주차장에서 기다리고 있었던 것이다. 영상 통화로도 얼굴을 볼 수 있긴 하지만 그래도 멀리서나마 직접 보고 싶었나 보다.

"응, 보이지. 우리 딸 잘 보여."

할머니도 딸을 향해 반갑게 손을 흔들었다. 방역 지침에 어긋날까 봐 모녀는 가까이 다가가지도 못하고 그렇게 멀리서만 바라보았다. 그마저도 고작 몇 분밖에 되지 않았다. 하지만 그 짧은 시간 동안 할머니의 얼굴에 떠오른 행복한 표정은 오랫동안 잊지 못할 것 같다.

이 책은 코로나19 팬데믹이 한창일 때 쓰기 시작했다. 그때만 해도 팬데믹이 대체 언제쯤 끝나려나, 끝나는 날이 오긴 올까 싶었다. 하지만 결국 시간은 흐르고 마침내 팬데믹도 지나갔다. 사람들은 마스크를 벗고 다시 자유롭게 돌아다니기 시작했다. 요양병원도 예전의 일상으로 돌아갔다. 그토록 아들을 그리워하던 할아버지는 아들의 품 안에서 기쁨의 눈물을 흘렸고, 멀리 떨어져 손을 흔들던 할머니와 딸은 손을 꼭 잡고 정원을 산책했다. 하지만 가족과 직접 만나지 못한 채 안타깝게 세상을 떠난 어르신들도 있었다. 그분들을 생각하면 마음 한편이 아린다.

요양병원에서 코로나19 팬데믹을 겪으며 깨달았다. 가족의 사랑보다 더 소중한 것은 없다는 사실. 너무나 당연한 사실이기에 평소 잊고 지내다가 극한의 상황이 되니 새삼 느끼게 된 것이다. 팬데믹이 내게 남긴 교훈이다.

"남 선생, 잘 지내고 있어?"

요양병원 물리치료실 실장님에게 카톡이 왔다. 요양병원을 퇴사하고 다시 일반 병원에서 일한 지 2년이 지났을 무렵이다.

"지난번에 취업한 병원 계속 다니고 있지?"

"실장님도 잘 지내시죠? 지금 다니는 병원은 엄청 바빠서 하루하루 고군분투하고 있습니다!"

"아, 그렇구나. 우리 병원에 자리가 났는데 혹시 올 생각 있어?"

이것은 재입사 제의? 화들짝 놀라 바로 통화 버튼을 눌렀다.

"무슨 일이에요? 설마 실장님이 그만두시는 거예요?"

"그런 게 아니고 나랑 같이 일하는 선생님이 그만두게 됐어. 그래서 남 선생이 다시 오면 좋겠다 싶어서 연락한 거지."

"저는 너무너무 좋죠!"

지금 일하는 병원에 딱히 불만이 있는 것은 아니었다. 오히려 꽤 만족스러웠다. 어엿한 물리치료실 실장으로 자리매김을 하고 있는 데다 직원들, 환자들과 정도 많이 쌓였다. 이직은 전혀 생각하지 않고 있었다. 그런데도 실장님의 연락을 받고는 조금의 고민도 없이 단번에 요양병원 재입사를 결심했다.

이 요양병원에 입사한 것은 기존 물리치료사의 출산휴직과 육아휴직으로 자리가 비었기 때문이었다. 대체인력이기에 15개월 계약직이었다. 하지만 전임자의 복귀가 예정보다 복귀가 늦어져 내 근무 기간은 3년이 되었다. '오래 있지 못하고 떠날 곳이다'라는 생각을 항상 안고 있으면서도 그 3년 동안 참 즐거웠다. 계약 만료로 퇴사하면서 얼마나 아쉬웠던가. 이런 곳에서 정직원으로 일하고 싶다는 생각이 얼마나 간절했던가. 그런데 그럴 수 있는 기회가 오다니.

이직이라는 중요한 결정을 순식간에 해 버리는 나를 보고 남편은 조심스럽게 물었다.

"지금 있는 병원도 나쁘지 않잖아. 출퇴근 시간도 그렇고 페이도 그렇고. 더 고민해 보지 않아도 괜찮겠어?"

"더 고민 안 해도 돼. 확신이 들어."

"하긴. 그때의 자기 모습이 더 좋았어."

맞다, 바로 그거다! 나도 그때의 내 모습이 더 좋았다! 물리치료사로서 큰 보람을 느낀 곳이자 환자를 대하는 초심을 되찾은 곳이었다. 내가 물리치료사로서 겪은 일들을 글로 쓰고 싶다는 생각을 처음 하게 된 곳도 이 요양병원이었다.

다시 돌아온 첫 출근날. 그사이 큰아이가 가는 곳은 유치원에서 초등학교로, 작은아이가 가는 곳은 어린이집에서 유치원으로 바뀌어 있었다. 아이들을 들여보내고 그때의 출근길을 다시 달리기 시작했다. 콧노래가 절로 나왔다. 출근 도장을 찍고 요양병원 안에 들어서니 2년 만인데도 하나도 낯설지 않고 익숙함이 밀려왔다. 원장님과 직원분들을 찾아가 일일이 인사를 드렸다.

"돌아와서 기뻐."

"다시 보니 너무 좋다."

"그대로네. 하나도 안 변했어."

환자분들에게도 인사를 돌았다. 나를 잘 기억하지 못하실 거라 생각했다. 연세가 있으신 데다 2년이라는 시간만큼 더 쇠약해지셨을 테니까. 그 예상은 빗나갔다.

"와아, 남 선생님이 왔잖아! 남선생님, 보고 싶었어!"

"아는 얼굴이네! 나 치료해 줬던 물리치료사님이지?"

"전에 여기에 있던 아가씨잖아!"

한 시간 전에 먹은 식사도 잊어버리는 어르신들, 병원 직원을 손주라고 착각하는 어르신들이 나를 기억하고 반갑게 안아 주셨다. 큰 선물을 받은 듯한 기분이었다. 아가씨로 봐 주시는 것도 감사했고.

나 역시 이곳에서 했던 일이 모두 다 떠올랐다. 환자 한 분 한 분의 특성이나 습관도 기억났다.

"팝송을 좋아하는 남 선생님!"

시그니처 같은 멋진 헤드폰을 쓴 어르신이 물리치료실에 들어섰다. 왕년의 디제이 강희석 할아버지다.

"남 선생님이 다시 온다는 말을 듣고 내가 참 반가웠어. 비틀즈와 아바를 좋아하는 우리 남 선생님!"

"저도 아바를 좋아하시고 사이먼앤가펑클을 좋아하시는 강희석 할아버지 다시 봬서 반가워요."

몇 년 만에 인사를 나누는 사이지만 고작 며칠 만에 만난 사람처럼 우리가 나누는 이야기는 그대로다. 실장님은 그런 우리를 보고 사이먼앤가펑클의 〈브리지 오버 트러블드 워터(Bridge Over Troubled Water)〉를 틀어 주었다.

그렇게 나는 다시 요양병원의 물리치료사가 되었다. 이제는 정직원의 신분이 되었으니 이곳이야말로 평생직장이라는 믿음이 들었다. 정년퇴직할 때까지 다녀야지 다짐했다.

그리고 1년 후.

"네? 폐업이라고요?"

날벼락 같은 소식이었다. 이 일대가 재개발에 들어가게 되어 병원이 이전해야 하는 상황이었는데 원장님이 이전이 아닌 폐업을 결정한 것이다. 육아로 일을 놓은 기간을 제외하면 15년이라는 시간 동안 여러 병원에서 일했다. 하지만 폐업은 처음 겪는 일이었다.

직원들은 다른 직장을 찾아, 환자들은 다른 요양병원을 찾아 뿔뿔이 흩어져야 했다. 믿기지 않았지만 현실이었다. 실업자 신세가 된다는 사실은 물론이거니와 정든 동료들, 환자분들과 헤어져야 한다는 사실도 너무나 가슴이 아팠다.

폐업 소식이 알려진 후 물리치료를 할 때마다 환자분들은 속상한 마음을 토로했다.

"남 선생님이 가는 병원으로 나도 따라갈까?"

"죄송해요. 저 아직 다른 병원을 알아보지 못했어요. 어디로 가실 예정이세요?"

"우리 딸이 자기네 집 근처 요양병원으로 옮기자고 그러네. 근데 거기 가면 남 선생님이 없어서 내 다리랑 팔이 맨날 뻣뻣할 텐데."

"그 병원 물리치료사 선생님들도 다 좋은 분들일 거예요. 걱정 마세요. 계속 치료 잘 받으실 수 있어요."

"그래도 그렇지. 나는 남 선생님이 제일 편한데……."

이렇게 애틋한 말씀을 해 주시는 윤애경 할머니는 직원들에게 유독 다정한 어르신이었다. 가끔 부서별로 피자를 주문해 주셨는데 두 명밖에 없는 물리치료실에도 예외 없이 커다란 피자 한 판이 오곤 했다. 여름이든 겨울이든 물리치료 도중에 땀을 잘 흘리는 나를 보며 땀도 닦아

주시고 언제나 "오늘 하루 잘 보내세요." "즐거운 주말 보내세요." "항상 은혜로운 하루 되세요." 하고 다정하게 인사해 주셨다. 내가 물리치료사로서 할머니에게 드린 도움보다 내가 할머니에게 받은 사랑과 긍정 에너지가 훨씬 더 클 것이다. 그런 윤애경 할머니와 두 손을 맞잡고 함께 눈물을 뚝뚝 흘렸다.

마지막 근무일이 며칠밖에 안 남은 어느 날. 매일매일 여러 어르신이 다른 요양병원으로 옮겨 가다 보니 이제 물리치료실을 찾는 분들은 평소의 절반밖에 되지 않았다. 그날 오후 병원을 옮길 예정인 홍순옥 할머니가 상자 하나를 들고 물리치료실로 왔다.

"감자떡이에요. 오늘 내가 마지막 치료를 받고 가니까 여기서 다 함께 먹어요. 물리치료사 선생님들도 먹고."

원래 물리치료실에서 음식을 섭취하는 것은 금지되어 있다. 환자분들이 무언가를 먹다가 목에 걸리면 위험한 상황이 올 수도 있기 때문이다. 하지만 이번만큼은 특별히 허락해 드리기로 했다.

그렇게 해서 열린 감자떡 파티. 물리치료실 안에 있던 어르신들이 가운데의 베드로 한데 모여 앉았다. 휠체어를 타고 있는 분도 있었다. 80대, 90대 어르신들이 감자떡을 나누어 먹으며 담소를 나누는 모습이 평범한 동네 노인정이나 시골 마을 정자에서 볼 법한 풍경이다.

"우리가 언제 또 물리치료실에서 이런 걸 먹어 봐."

"이제 언니도 오늘이 마지막이여? 딸네 집으로 가?"

"딸네 집은 무슨. 딸이 다른 병원 알아 놨어. 내가 이 병원 생길 때 들어왔는데 벌써 10년이 됐네."

"우리 전부 다른 병원으로 가면 언제 또 만나려나."

"만나긴 뭘 만나. 내가 저기 위로 먼저 가 있을 테니까 천천히 따라와. 저 위에서 보드라고."

"그려. 내가 따라갈게."

분위기는 화기애애한데 어째 이야기가 슬프게 흘러간다. 옆에서 듣던 나와 실장님이 "아이, 저기 위로 가긴 어딜 가신다고 그래요" 하고 말려 보지만 어르신들은 오히려 쿨하게 하하 웃어 버린다. 긴 인생 동안 숱한 만남과 이별을 겪으며 내공을 다진 분들만이 나눌 수 있는 이야기일 것이다. 그 이야기들을 가슴에 품은 채 물리치료사로서 내 인생의 한 장도 마침표를 찍었다.

눈의 피로를 풀어 주는 스트레칭

여기까지 읽으셨으면 이제 눈 건강도 챙길 차례. 눈에도 스트레칭이 필요합니다.

📌 머리와 목을 고정한 채 시선을 왼쪽, 오른쪽, 위, 아래로 5초씩 바라보세요.

✒ 눈동자를 시계 방향으로 360도 굴리세요. 반시계 방향으로도 똑같이 하세요.

3부

"대한민국에서
물리치료사로
산다는 것"

어릴 적부터 꿈이 많았다. 발레리나를 꿈꾸기도 하고 우주 비행사를 꿈꾸기도 했다. 하지만 누구나 그러하듯 나도 자라면서 점점 내 상황과 사회적 현실을 고려해 꿈을 조정하게 되었다. 고등학교 때는 목표를 의대로 정했다. 입학 등수도 높았고 3년 내내 우수반에 들어갈 정도로 계속 성적이 괜찮았기 때문이다. 아픈 사람들을 위한 일을 하고 싶다는 명분을 내세웠지만 아무래도 의사라는 직업에 대한 평판이 큰 영향을 미쳤을 것이다.

요즘이야 대학 입시 전형이 다양해서 수능의 위상이 다소 낮아졌지만 그 시절에는 수능 점수 하나에 따라 당락이 좌지우지되었다. 그리고 나는 수능을 대차게 망했다. 내 점수는 평소 모의고사 점수와 비슷하게 나왔는데 문제는 그해가 유례없는 물수능이었다는 것. 나만 제자리 걸음이고 남들은 다 수능 점수가 다 올랐으니 내 등수는 곤두박질을 칠 수밖에. 의대는 쳐다보지도 못하고 어찌어찌 점수에 맞추어 원서를 넣긴 했는데 1지망부터 4지망까지 줄줄이 낙방했다.

부모님도 선생님도 친구들도 모두 당연히 내가 재수를 선택할 줄 알았다고 한다. 하지만 나는 재수 생각이 전혀 없었다. 초등학교에 입학한 이후로 지금까지 12년을 혼신을 다해 공부해 왔으니 이제 그만 마침표를 찍고 싶었다. 더 이상 수능 문제집은 손도 대고 싶지 않았다. 또다시 수능 공부를 하는 상상만 해도 토가 나올 것 같았다.

낙방한 주제에 재수는 싫다니 그럼 어쩌란 말인가. 대책도 없이 고집을 피우는 딸 때문에 시름하던 엄마는 담임 선생님을 만나 상담을 했다. 그러고는 내 앞에 웬 서류를 슥 내밀었다.

"선생님이 너 여기 지원해 보라고 하셨어."

"뭔데?"

나는 서류를 쳐다보지도 않고 심드렁하게 대꾸했다.

"보건대 물리치료과 원서야. 여기 나오면 물리치료사

되는 거래. 선생님이 그러시는데 물리치료사가 전망이 좋대. 취직도 잘되고 대우도 괜찮대. 그리고 너한테 딱 어울릴 거래."

"왜?"

"네가 덩치도 있고 힘도 좋으니까."

아오, 그놈의 덩치!

덩치가 좋다는 말은 아주 어릴 적부터 줄곧 나를 따라다녔다. 다부진 골격을 타고난 덕분인지 나는 어떤 운동이든 제법 잘했다. 유치원 때부터 태권도를 배웠고. 초등학교 4학년부터 육상부 소속이 되어 도대회에 나가 상을 탔고, 중고등학교 체력장에서 항상 1급이나 특급을 받았다. 본격적으로 운동을 해 보라는 말도 많이 들었다. 실제로 초등학교 6학년 때 학교 핸드볼팀에 발탁되기도 했다. 하지만 부모님은 운동선수의 길을 반대했고 나 역시 원하지 않았다. 그런데 결국 내 덩치에 잘 맞다는 진로를 권유받게 되다니.

울컥 짜증이 났지만 그마저 거부할 수는 없었다. 이러나저러나 고등학교는 졸업하게 되는데 아무 대책도 없이 고졸 백수가 될 수는 없지 않나. 딱히 다른 선택지가 떠오르는 것도 아니었다. 울며 겨자 먹기로 원서를 넣었고 얼마 후 합격 통보를 받았다. 엄마는 그제야 안도했지만 나는 하나도 기쁘지 않았다. 될 대로 되라는 심정이었다.

학교에도 전공에도 아무런 애정이 없으니 입학하고 나서도 머릿속에는 마냥 놀 궁리만 가득했다. 마침내 입시에서 벗어나 내 맘대로 할 수 있다니, 그 해방감이란! 노느라 바빠 전공 공부는 뒷전이었다. 물리치료사가 되겠다는 생각은 없이 그저 학사 경고만은 피하기 위해 억지로 수업을 들었다. 그런데 꾸역꾸역 수업을 듣다 보니 나도 모르게 스멀스멀 이런 생각이 들었다.

'이거 좀 재밌는데?'

워낙 몸 쓰는 것을 좋아하기 때문일까. 우리 몸의 각 부위가 제 기능에 맞게 움직일 수 있도록 도와주는 물리치료사의 일이 흥미로워 보이기 시작했다. 시간이 지날수록 이런 생각도 들었다.

'이거 내 적성이랑 잘 맞는데?'

자연히 점점 전공 공부를 열심히 하게 되었다. 공부만 열심인 것이 아니라 학교생활에도 적극적이 되어 과대표로 활동하기도 했다.

유독 기억나는 수업이 있다. 3학년 때 들은 '일상생활 동작 및 훈련'이라는 수업으로, 사고나 수술로 인해 움직임이 어려운 환자들이 일상적인 동작을 원활히 할 수 있도록 도와주는 물리치료 방법을 배우는 것이었다. 유난히 하늘이 파랗던 어느 날 교수님이 말씀하셨다.

"이런 날씨에 교실 안에만 있을 수 있나. 야외 수업을 나갑시다."

학교 옆에 위치한 공원으로 간 우리는 환자와 물리치료사로 역할을 나누었다. 환자 역할을 맡은 학생들은 붕대에다 목발, 휠체어까지 동원해서 진짜 환자처럼 표현했다. 나는 다리 골절로 깁스를 한 환자가 되었다. 공원에서 교수님의 강의를 들은 뒤 환자와 물리치료사가 짝을 이루어 교실까지 이동했다. 평소에는 아무렇지도 않게 지나다니던 길이 완전히 다르게 보였다. 경사는 왜 그리도 가파르고 계단은 또 왜 그리도 자주 나오는지. 물리치료사 역할을 맡은 친구가 옆에서 보조해 주었음에도 난관의 연속이었다. 물리치료사는 환자의 입장이 되어 환자가 어떤 불편을 느끼는지 이해해야 한다는 깨달음을 얻었다. 애초에 교수님이 야외 수업을 제안한 것은 화창한 날씨를 즐기라는 의도가 아니라 환자의 고충을 직접 경험해 보라는 의도가 아니었을까.

대전 시내에 있는 공원에서 이틀 동안 물리치료 봉사 활동을 한 적도 있다. 공원을 지나다니던 어르신들은 물론이고 공원 근처에서 생활하던 노숙자들이 치료를 받으러 왔다. 평소 물리치료는 고사하고 자기 몸에 신경 쓰지도 못하는 분들이 대부분이었다. 아직 학생 신분이긴 하지만 그래도 핫팩, 전기치료기 등 가능한 기기는 모두 동원해 가며 최선을 다해 물리치료를 해 드렸다. 예비 물리치료사로서 보람을 많이 느낀 경험이었다.

3학년이 되어 대학 병원에 나가 실습을 하면서 물리치료사가 되고 싶은 마음은 더욱 절실해졌다. 1점대였던 1학년 1학기 성적이 졸업 학기에는 만점에 가까워졌다. 이제 남은 과제는 국가고시를 통과하는 것. 수능 이후로 오랜만에 치르는 큰 시험이었다.

시험장에 들어가 자리에 앉으니 수능을 치르던 순간이 떠올랐다. 그때는 내 의지보다는 고3 수험생으로서 의무감이 컸다. 하지만 지금은 꼭 물리치료사가 되고 싶다는 절실한 의지가 있었다. 1점에 따라 당락이 바뀔 수 있는 수능과 달리 물리치료 국가고시는 기준 점수 이상을 기록하면 합격이긴 하지만 그래도 긴장되는 마음은 어쩔 수 없었다. 필기시험과 실기시험이 모두 끝나고 마침내 최종 합격자를 발표하는 날. 나름 자신이 있었지만 그래도 막상 결과를 확인하려니 떨렸다. 국가고시원 홈페이지에 접속해 내 번호를 입력한 순간 나온 문구는…….

'합격입니다.'

정신줄을 놓은 상태에서 얼렁뚱땅 물리치료를 전공하기 시작했던 내가 어엿한 진짜 물리치료사가 된 것이다. 그리고 20여 년째 물리치료사의 외길을 걷고 있다.

지금 생각해 보면 담임선생님의 판단이 얼마나 정확했던가. 나도 몰랐던 내 천직을 알려 주신 담임 선생님, 감사합니다. 그리고 담임선생님에게 결정적인 힌트가 된 이 덩치를 물려주신 부모님도 감사합니다.

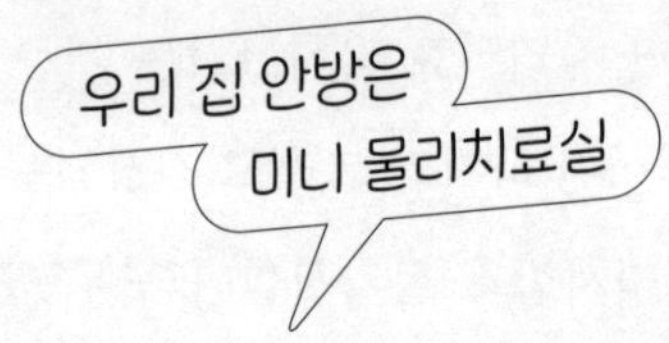

　　부모님은 내가 세 살 때부터 가게를 운영하며 수시로 무거운 것을 들고 옮겼다. 그 바람에 부모님의 몸은 항상 통증을 달고 있었다. 그런 데다 내가 대학에 다닐 때 아빠는 높은 곳에서 떨어져 대퇴부 골절 수술을 받았고 팔에 장애 판정까지 받았다. 또 엄마는 흔히 오십견이라 불리는 어깨의 유착성 관절낭염으로 병원에서 수술을 권유받았다. 나는 수업에서 배운 마사지를 집에 와서 시연하곤 했는데 그 대상은 언제나 부모님이었다. 학부생이 이제 갓 익힌 마사지가 얼마나 전문적일 수 있을까. 하지만 그렇게라도 부모님의 통증을 조금이나마 줄여 드리고 싶었다. 복습을 핑계로 매일같이 열심히 마사지를 해 드렸다.

　　물리치료사로 일하기 시작하고서는 좀 더 적극적으

로 부모님을 낫게 해 드려야겠다 생각했다. 하지만 내가 일하는 병원에 와서 치료를 받으라고 말씀드려도 부모님은 번번이 고개를 저었다.

"너 일하는 데 방해되잖아. 불편할 텐데."

그러다 아빠가 이번에는 다리까지 장애 판정을 받았다. 수술을 받았음에도 결국 한쪽 다리 길이가 짧아졌기 때문이었다. 마침 그 무렵 나는 비슷한 부위를 다쳐서 수술을 받은 환자분을 담당하고 있었다. 그분은 예후가 좋아서 사고 전과 다름없이 생활하게 되었다. 명색이 물리치료사인데 정작 내 부모님의 아픈 곳은 제대로 치료하지 못하다니. 절뚝거리며 걷는 아빠를 볼 때마다 죄책감이 밀려왔다.

내가 집에서 하는 것이라고는 마사지해 드리기, 핫팩 올려 드리기, 부황기 붙여 드리기, 가정용 전기치료기 해 드리기가 전부였다. 엄마는 병원에 가는 것보다 집에서 딸에게 치료받는 것을 더 좋아했지만 그마저도 "밖에서 힘들게 일했는데 집에서까지 뭘" 하고 손사래를 치며 말리기 일쑤였다.

그런데 엄마가 언젠가부터 집에 손님이 찾아오면 은

근슬쩍 딸 자랑을 하기 시작했다.

"요새 막내딸은 뭐 해? 어디 다녀?"

"기란이? 정형외과에서 일해. 물리치료사잖아."

"병원에서 일한다더니 물리치료사야? 자기는 좋겠다! 딸이 집에서 치료해 주겠네."

"엄마 아빠 치료한다고 이것저것 사다 놓고 해 주더라고. 마사지도 잘하고."

"너무 좋겠다. 아유, 나도 요새 어깨고 허리고 안 아픈 데가 없는데."

이쯤 되면 슬슬 나를 부를 타이밍이다.

"자기도 지금 우리 딸한테 물리치료 한번 받을래?"

"정말? 그럼 나야 너무 고맙지."

"기란아!"

그렇게 안방에 미니 물리치료실이 열린다. 일반적인 코스는 건부항으로 시작해 전신 마사지를 하는 것이다. 엄마는 흐뭇해하며 자신의 침대까지 기꺼이 내준다. 그런 엄마를 보며 마사지 오일을 아낌없이 듬뿍듬뿍 손님 몸에 바른다.

김장철은 안방 물리치료실의 대목이다. 엄마 친구분

들이 김장을 돕기 위해 우르르 몰려들기 때문이다. 김장을 마치고 나면 관절 상담과 근육 상담이 시작된다. 상담 결과에 맞추어 마사지와 운동치료도 이어진다.

안방 물리치료실의 특급 손님이자 VIP는 단연 이모들이다. 2남 5녀 중 셋째 딸인 우리 엄마. 자매들 사이가 각별하다 보니 이모들이 함께 찾아올 때가 많다. 큰이모가 나를 부르는 소리에 가 보면 다른 이모들까지 나란히 누워 내 손길을 기다리고 있다.

"기란아, 너 물리치료사잖아. 이모 어깨가 너무 아파. 네가 좀 봐 줘라."

한 분 한 분 머리부터 발끝까지 마사지를 한다. 이것으로 끝이 아니다. 평소 아픈 부위에 대해 상담해 드리며 일일이 만져 본다. 그러고 나면 진이 다 빠져 땀이 뻘뻘 난다.

"와, 시원해. 어깨가 안 올라갔는데 지금은 막 올라가네. 기란이 너무 잘한다."

"나는 목이 옆으로 돌아가지도 않았는데 기란이가 만져 주니까 이젠 목이 돌아가고 있어."

이모들의 칭찬 세례 속에 엄마의 뿌듯한 표정을 보는

것으로 그날의 안방 물리치료실은 문을 닫는다.

결혼해서 부모님으로부터 독립한 후로는 내 집에도 물리치료실이 열리곤 한다. 겉으로는 듬직해 보이는 남편은 의외로 잔병이 많아서 어깨부터 허리, 팔, 발목까지 병원 치료를 안 받는 곳이 없다. 남편이 끙끙거리면 마사지 건으로 근육을 풀어 주고 핫팩이나 테이핑을 해 준다.

꼭 물리치료가 필요한 것이 아니더라도 어딘가 몸에 이상이 있다 싶으면 가족들은 일단 나를 찾는다. 허리가 아프든, 팔이 아프든, 어깨가 아프든 내게 전화해 상담을 한다. 아무래도 병원이나 치료에 관해서는 보통 사람들보다 조금 더 잘 알긴 하니까.

아이가 아플 때도 물론이다. 오빠네 가족은 중국에 살고 있는데 어느 날 새언니에게 전화가 왔다.

"상현이 손가락이 차 문에 끼는 바람에 빨갛게 부었어. 만지면 아프다고 엉엉 울어."

놀라서 목소리가 떨리는 새언니를 진정시키고 응급 처치법을 알려 주었다. 중국에 있는 새언니가 이럴 정도이니 한국에 있는 친언니의 연락은 더욱 잦다.

"봄이가 팔이 빠진 것 같아. 어떡하지?"

"봄이가 발목을 다쳤지 뭐야. 어떡하지?"

"봄이가 뭘 씹다가 이가 빠져 버렸네. 어떡하지?"

이가 빠진 것은 치과의 영역입니다만? 그래도 얼마나 놀랐으면 내게 연락했을까 싶어 아는 정보 안에서 이것저것 이야기해 주었다. 이렇게 조카들의 크고 작은 사고를 경험하고 나니 나중에 엄마가 되어 내 아이가 다쳤을 때 당황하지 않고 대처할 수 있었다.

집에서만이 아니다. 내가 있는 곳이라면 장소를 불문하고 건강 상담의 장이 펼쳐지곤 한다. 아이의 유치원에서 학부모 총회가 있던 날. 엄마들끼리 조금 낯이 익었다 싶으면 조심스럽게 서로를 탐색하게 된다. 그러다 보면 직업도 묻기 마련이다.

"윤이 엄마는 워킹맘이세요? 무슨 일 하세요?"

"저는 물리치료사예요. 옆 동네 병원에서 일해요."

"와, 물리치료사이시구나! 저 뭐 좀 여쭤 보고 싶은 게 있는데."

"저도요, 저도."

내 직업을 밝히면 엄마들의 눈이 순식간에 농그래지며 질문이 쏟아진다.

"제가 배드민턴을 치는데 얼마 전부터 팔꿈치가 아파요. 도수치료를 받는 게 나을까요?"

"저는 작년에 빙판길에서 발을 접질렀는데 그 후로 자꾸 발목이 아파요. 골절이 아니었는데도 조금만 무리하면 부어요. 좋은 병원 아는 데 있으세요?"

얼마나 힘들겠냐며 공감해 주면 엄마들의 고개가 격하게 끄덕인다. 집에서 혼자 할 수 있는 운동을 알려 주기도 하고, 심한 분에게는 꼭 병원에 가야 한다고 당부하기도 한다.

나의 친언니는 상담심리사다. 그래서 주변 사람들이 힘든 일이나 고민을 털어놓을 때가 많다고 한다. 상담심리사가 사람들 마음속의 아픔을 말하게 만드는 직업이라면 물리치료사는 사람들이 몸 이곳저곳의 아픔을 말하게 만드는 직업이 아닐까.

20대 때의 일이다. 아버지뻘 되는 남자 환자분이 베드에 누워 있다가 나를 불렀다.

"어이, 남 언니"

순간 귀를 의심했다. 내가 아는 '언니'라는 단어는 이럴 때 쓰이는 게 아닌데.

"지금 저를 부르신 거예요?"

"응, 내가 남 언니 불렀지."

"여기 언니가 어디 있어요? 제가 한참 어리잖아요. 누나도 이상한데 언니라니요."

"아, 그런가? 남 언니 나이가 어떻게 되지?"

"이제 스물여섯이에요."

"우리 딸내미랑 같네. 그럼 '딸'이라고 부를까, 하하."

"아이, 그게 아니고요!"

"그럼? 뭐라고 부르지?"

"치료사라고 불러주세요."

"알았어, 알았어."

하지만 그 후로도 다른 환자분에게 '언니'라고 불리는 일이 종종 일어났다. 남녀를 불문하고 중장년층에게는 '언니'라는 말이 여성 직원을 부르는 호칭으로 통용되고 있었던 것이다.

사실 언니 정도면 그나마 나은 호칭이었다. '아가씨'라고 불리는가 하면, 심지어 '아줌마'라고 불리기도 한다. 대학 동기들이 모이면 호칭을 가지고 똑같은 고충을 토로했다. 병원의 규모가 크든 작든 호칭 문제는 마찬가지였다.

물리치료사라는 직업에 자부심이 컸기에 나는 그런 호칭들이 몸서리치게 싫었다. 물리치료사도 국가고시를 치러야 할 만큼 엄연히 전문성을 가진 직업이건만! 그래서 호칭에 유독 예민하게 반응했고 환자분들에게 호칭을 정정해 달라고 요구하곤 했다.

요즘 물리치료실에서는 '언니', '아가씨', '아줌마' 같은 호칭이 한결 줄었다. 서비스업 종사자에 대한 사회적 인식이 달라졌고 남성 물리치료사도 많아졌기 때문인 듯하다. 대신 '선생님', '치료사님', 물리치료사님'이 일반적인 호칭이 되었다.

호칭에 대한 내 생각도 달라졌다. 물리치료사로서 자부심은 여전하지만 환자분들이 나를 뭐라 부르든 그다지 신경 쓰지 않는다. 물리치료사와 환자 사이에 신뢰와 배려가 있다면 호칭쯤이야 뭐 어떠랴 싶다. 나이 어린 동료가 환자분에게 "아가씨가 아니고요, 선생님이라고 부르셔야지요" 하고 기어코 호칭을 고쳐 주는 것을 보면 내 젊을 때 모습이 생각난다.

물리치료사에 대한 호칭은 나아졌지만 물리치료사가 하는 일에 대해서는 여전히 많은 사람이 혼동한다. 내 직업이 물리치료사라는 것을 알게 되면 상대방은 대개 눈을 동그랗게 뜨며 반가워한다. 살아오면서 한 번쯤은 물리치료를 받아 본 적이 있어 물리치료사라는 존재가 친숙하기 때문이다. 그리고 많은 경우, 주물주물하는 손동작과 함께 이런 질문이 이어진다.

"그럼 마사지 잘하겠네요?"

마사지가 물리치료사의 업무 중 하나이긴 하다. 운동치료를 하다 보면 우선 마사지부터 필요로 하는 경우가 있기 때문이다. 하지만 동시에 마사지는 안마사나 스포츠마사지사로 일하는 분들의 전문 영역이기도 하다. 그런데도 물리치료사는 주로 마사지를 하는 직업이라는 오해를 자주 받는다.

이참에 물리치료사가 하는 일을 정의해 보자면, 의사의 처방 하에 운동치료의 범위 안에 있는 여러 치료 기법을 사용해 환자에게 맞는 치료를 하는 것이라 할 수 있다. 근골격계 또는 신경계손상 환자들을 대상으로 하며, 열치료, 광선치료, 전기치료, 수치료, 치료적 마사지, 손으로 하는 매뉴얼치료, 기능훈련, 재활훈련 등을 하고 그와 관련된 기기나 약품을 관리한다. 물리치료사가 다루는 대상도, 물리치료사가 동원하는 방법도 상당히 광범위한 셈이다. 이렇다 보니 일반인들이 혼동하는 것도 당연하다.

하긴 멀리 갈 것도 없이 당장 내 아이만 해도 엄마가 무슨 일을 하는지 헷갈려했다. 첫째가 유치원에 다닐 때였다. 어느 날 한창 바쁘게 출근 준비를 하는 나를 빤히 보던 첫째가 물었다.

"엄마는 어디 병원 간호사야?"

이게 무슨 소리인가. 한 번도 아이에게 내가 간호사라고 말한 적이 없건만.

"엄마는 간호사 아닌데?"

내 대답에 아이의 눈빛이 당황한 듯 흔들렸다.

"어? 나 민준이한데 우리 엄마는 간호사라고 했는데. 엄마 간호사 맞잖아! 간호사 옷 입잖아!"

그 당시 아이는 유치원에서 여러 직업에 대해 배우고 있었다. 그 과정에서 본 간호사 유니폼이 내 물리치료사 유니폼과 비슷해서 '우리 엄마는 간호사구나'라고 생각했나 보다.

"엄마는 병원에 출근해서 간호사 옷이랑 비슷한 옷을 입고 일하긴 해. 하지만 이런 옷을 입는다고 모두 간호사는 아니야. 병원에는 의사와 간호사만 있는 게 아니라 다른 일을 하는 사람도 많아."

"병원에 가면 의사 선생님이랑 간호사 선생님밖에 없는 거 같은데."

살아오면서 가 본 병원이라고는 동네 소아과뿐인 다섯 살 아이로서는 당연한 반응이다. 병원에서 근무하는 사람들이 얼마나 다양한지 어떻게 설명해 주어야 할까.

"결이가 다니는 소아과에는 의사 선생님, 간호사 선생님, 방사선사 선생님이 있어. 결이 몸속의 사진을 찍는 선생님이 방사선사 선생님이야. 그리고 아주 큰 병원에는 피를 뽑고 검사하는 임상병리사, 약을 주는 약사, 환자분들 식사를 해 주는 영양사도 있어. 병원에서 일하는 사람들이 엄청나게 다양하지?"

이 참에 엄마의 직업에 대해 확실히 알려 주고 싶어 계속 설명해 나갔다. 절호의 기회를 대충 넘길 수 없지.

"지난번에 사촌 누나가 다리를 다쳐서 병원에 갔다가 커다란 붕대를 하고 온 거 봤지?"

"응! 초록색 붕대하고 기다란 막대도 여기 팔에 끼고 다녔어."

"맞아. 누나가 다리뼈를 다쳐서 병원에서 치료를 받았어. 의사 선생님이 아픈 부분이 어디인지, 얼마나 다친 건지 봐 주시고 다리를 며칠 동안 고정해 주셨지. 그 후에는 붕대를 풀고 아픈 다리가 더 잘 낫도록 물리치료를 받아야 하는데, 그 일을 물리치료사 선생님이 해 주셔. 아픈 다리에 전기치료와 열치료를 하고 운동치료도 하면 더 빨리 낫거든. 엄마는 그런 치료를 해 주는 사람인 거야. 할머니가 어깨나 허리가 아플 때도 물리치료를 받으시는데 그런 일도 엄마가 해.”

내 긴 설명을 아이가 다 이해했는지 모르겠다. 어쨌든 아이는 신기해하는 표정으로 듣더니 신이 나서 외쳤다.

“엄마, 이제 간호사 선생님이라고 안 할게. 엄마는 물리쵸! 물리쵸 선생님!”

"여기 물리치료사 나와!"

조용하던 물리치료실에 난데없는 고함 소리가 쩌렁쩌렁 울린다. 갑자기 등장한 할아버지가 삿대질까지 해 가며 고래고래 소리 지르고 있다. 얼굴을 본 순간 가슴이 철렁했다. 이틀 전에 내게 물리치료를 받은 환자분이다. 할아버지가 나오라고 외친 물리치료사는 바로 나다.

"치료를 대체 어떻게 했길래 화상을 입냐고! 물집 잡혀서 이거 어떻게 할 거야?"

할아버지 옆에서 아내로 보이는 할머니도 덩달아 소리를 높였다.

"물리치료사가 똑바로 안 하고 이게 뭐야!"

나를 향해 쏟아지는 거센 비난들에 정신이 다 얼얼했

다. 물리치료사로 살아오면서, 아니, 인생 전체를 통틀어 이런 일은 처음이다.

물리치료사가 자칫 실수하면 일어날 수 있는 대표적인 사고가 핫팩으로 인한 화상이다. 피부 감각이 많이 떨어진 환자분이 치료를 받다 보면 핫팩이 너무 뜨거워도 잘 느끼지 못할 수 있다. 뇌졸중으로 편마비가 온 분들은 더욱 그렇다. 인지장애로 인해 뜨겁다는 표현을 잘 못할 수도 있다. 나도 환자분들의 몸에 핫팩을 올려 드릴 때마다 주의해 왔다. 이 할아버지는 평소 허리부터 다리까지 이어지는 통증이 있는 데다 오른쪽 다리가 저리기까지 해서 물리치료실을 찾게 되었다. 나는 찜질과 전기치료 그리고 공기압 마사지를 해 드렸다. 치료 직후에는 괜찮았다. 그런데 다음 날부터 화상 증상이 나타났다고 한다. 너무 고통스러워 잠도 자지 못하고 끙끙대다가 날이 밝자마자 물리치료실로 돌진한 것이다.

확인해 보니 정말로 할아버지의 오른쪽 다리에 작은 수포들이 올라와 있었다. 이틀 전 내가 핫팩을 올려놓았던 바로 그 자리였다. 나는 고개를 푹 숙였다.

"너무 죄송합니다."

"야, 이 XX야, 아픈 사람을 더 아프게 만들면 어쩌라
는 거야!"

"이런 XXX, 무슨 이 따위 돌팔이가 다 있어!"

"죄송합니다, 죄송합니다."

"됐고, 치료비 내놔!"

할아버지와 할머니는 욕설까지 섞으며 버럭버럭 외
쳤다. 치료를 받던 다른 환자분들이 무슨 일인가 싶어 힐
끔힐끔 쳐다보았다.

"아버님, 어머님, 여기서 이러시기보다는 원장님과 말
씀 나눠 보세요."

실장님이 겨우겨우 두 분을 달래어 원장실로 모셨다.
하지만 원장님 앞에서도 두 분의 화는 가라앉지 않는 모
양이었다. 닫힌 원장실 문 밖으로 고함 소리가 새어 나왔
다. 결국 진료비를 환불해 드렸고 화상치료를 해 드리기
로 약속했다.

면목이 없었다. 환자분에게 죄송한 것은 물론하고 원
장님과 동료들에게도 너무 죄송했다. 원장님은 나를 탓하
는 말씀을 전혀 하지 않았고 실장님은 힘내라며 위로해
주었다. 오히려 그래서 더욱 죄책감이 들었다. 나 때문에

여러 사람을 힘들게 하다니. 땅을 파고 들어가 숨고 싶은 심정이었다. 아무리 돌이켜 보아도 그날 할아버지 몸에 올린 핫팩의 온도는 지나치게 높지 않았던 것 같은데. 내 감각이 잘못되었던 것일까. 자신감이 와르르 무너졌다.

그날은 토요일이었다. 그 사단이 있고 나서 주말 내내 집에 틀어박혀 아무것도 하지 못했다. 밤에 잠도 오지 않았다.

그리고 월요일. 그토록 출근이 괴로운 날은 처음이었다. 역대급 눈비가 몰아치던 날도 이 정도는 아니었는데. 어디론가 도망가고 싶은 마음을 가까스로 억누르고 병원으로 들어섰다. 기어 들어가는 목소리로 인사를 하니 실장님이 깜짝 놀랄 소식을 알려 주었다.

"방금 전에 어제 그 환자 아내분이 혼자 와서 원장님을 만나고 갔어."

"아내분이요? 원장님한테 뭐라고 했대요?"

"그건 나도 아직 몰라. 저번처럼 소리 지르지는 않더라고."

업무 시작을 준비해야 하는데 일이 영 손에 잡히지 않았다. 1분 1초가 너무나 길게 느껴졌다. 마침내 원장님이 나를 불렀다. 잔뜩 쪼그라든 마음으로 쭈뼛쭈뼛 원장실에 들어갔다.

"남 선생, 지난주에 그 아버님 말이야."

"네……."

"대상포진이었대."

"네? 대상포진이요?"

"그래. 아내분이 그러는데, 큰 병원에 갔더니 대상포진이라서 수포가 생긴 거라고 진단하더래. 남 선생 때문에 화상을 입은 게 아니었어. 남 선생이 억울하게 욕을 먹었네. 마음고생이 심했지?"

애초에 그 환자분이 허리와 다리에 통증을 느낀 원인이 대상포진이었던 것이다. 대상포진에 대해 잘 모르면 단순한 통증으로 착각해서 물리치료에만 의존하려 할 수 있다. 물리치료가 어느 정도 통증을 줄여 줄 수는 있지만 대상포진은 초기에 항바이러스제를 복용하는 것이 최선이다.

다행이라는 생각보다 허탈하다는 생각이 먼저 들었다. 병원이 뒤집어지도록 난리법석을 떤 것이 단지 오해 때문이었다니. 거침없이 욕설을 내뱉던 분들이 정작 오해를 깨닫고 나서는 사과 한마디 없었다. 민망하긴 한지 그분들은 그 후로 다시는 나타나지 않았다.

사건은 그렇게 싱겁게 마무리되었다. 하지만 한번 철렁한 마음은 금방 제자리로 돌아오지 못했다. 여러 사람 앞에서 삿대질을 당한 수치심과 모욕감이 쉽사리 사라질 리 없었다. 그날 들은 욕설이 귓가에 윙윙 울리는 듯했다. 한동안 위축한 상태로 환자분들을 대했다. 그 시기를 버틸 수 있었던 것은 가족들과 동료들의 위로 덕분이다.

억울하기 짝이 없는 일이었지만 그래도 다시 한번 나를 돌아보는 계기가 되었다. 환자분의 증상을 더 세심하게 살펴 치료해야겠다는 다짐을 했다. 하지만 어떤 경우에도 또다시 욕설까지 듣고 싶지는 않다. 물리치료사도 엄연히 감정을 가진 사람이니까.

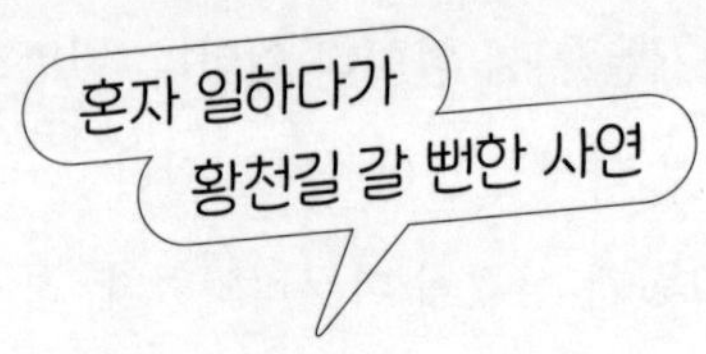

물리치료사로 일하기 시작한 이후 처음으로 물리치료사가 딱 한 명인 병원에 입사하게 되었다. 내가 병원 안의 유일한 물리치료사인 것. 혼자 일하는 것의 고충은 충분히 예상할 수 있었다. 온갖 물리치료 기기를 정리하는 것부터 물리치료실 내부를 청소하는 것까지 오로지 내가 다 해야 하니까. 하지만 장점이 훨씬 크게 느껴졌다. 아무리 동료와 사이가 좋다 해도 함께 일하다 보면 신경 쓰이는 일이 생기기 마련인데, 누구의 눈치도 보지 않고 일할 수 있다니. 혼자 일해 보고 싶었고 혼자서도 잘할 자신이 있었다.

그 병원은 물리치료실이 진료실과 동떨어져 건물 지하에 위치해 있었다. 혼자 일하는 데다 원장님이나 다른 직원들도 멀리 있으니 더욱 내 맘대로였다. 출근을 하면 일단 라디오를 틀어 내가 좋아하는 채널에 맞추었다. 물리치료실 가득 울려 퍼지는 음악을 들으며 전날 켜 둔 제습기에 차 있는 물을 제거했다. 물리치료실이 지하에 있다 보니 습기를 낮추는 것이 중요했기 때문이다. 그런 다음 커피를 탈 물을 끓였다. 물이 끓는 동안 물리치료 기기를 정리했다. 그사이 다 끓은 물에 믹스커피를 타서 홀짝거렸다. 커피 맛을 음미하며 그날의 첫 환자가 오길 기다렸다. 한창 일하다가 한가한 시간이 되면 집에서 싸 온 간식을 먹었다. 배를 든든하게 해 주면서 냄새도 나지 않는 고구마나 떡 같은 것이었다. 여럿이 같이 일하는 물리치료실에서는 피자나 치킨을 시켜 먹었고 그마저도 탕비실에서 한 사람씩 돌아가며 식은 간식을 먹어야 했다. 그때에 비하면 얼마나 여유롭고 몸에도 좋은 간식 시간인지.

문제는 가끔씩 환자분들이 몰릴 때였다. 혼자서 낑낑대고 있으면 눈치 빠른 원무과 직원이 와서 잡일을 덜어 주기도 했다. 환자분들이 유독 많은 시기에는 파트타임 물리치료사를 구해 일시적으로 함께 일하기도 했다.

그날은 며칠째 환자가 참 많은 날이었다. 설상가상으

로 원무과도 바쁘고 파트타임 물리치료사를 구하지 못해서 나 혼자 이리 뛰고 저리 뛰느라 정신이 하나도 없었다. 그러다 핫팩 통에 가 보니 아뿔싸, 안에는 핫팩이 두 개뿐이고 차갑게 식은 핫팩들이 통 밖에 덩그러니 쌓여 있었다. 오전에 쓴 핫팩을 다시 넣어 놓는 일을 깜빡한 것이다. 안 그래도 길어진 대기 시간이 더욱 길어질 수밖에 없었다.

"언제 되는 거예요? 아까부터 계속 기다렸어요."

"오늘따라 왜 이리 늦나? 나 어디 좀 가야 되는데."

여기저기서 환자분들의 성화가 이어졌다. 식은땀이 삐질삐질 났다.

"죄송합니다, 죄송합니다. 괜찮으시면 다른 치료 먼저 해 드릴게요."

어찌어찌 겨우 시간이 지나갔다. 그 모습을 다 지켜본 단골 할머니가 혀를 끌끌 차며 말했다.

"젊은 선생이 혼자서 고생이네. 안쓰러워 죽겠어. 왜 도와주는 사람도 없나."

그 말씀을 듣자마자 눈물이 왈칵 밀려 올라왔다. 내가 눈물을 참느라 아무 대답도 못 하니 할머니는 나를 꼭 안

아 주셨다. 할머니의 품에서는 내가 어릴 적 시골 큰집에 계시던 다정한 큰엄마의 향이 났다. 그날 퇴근 준비를 하는데 원무과 직원이 말했다.

"낮에 단골 환자분이 원무과장님을 찾더라고. 무슨 일인가 했더니 물리치료실이 너무 바쁘니까 사람 좀 구해 주라고 신신당부를 하셨어."

일부러 따로 말씀까지 해 주신 할머니에게 너무 감사했다. 하지만 작은 병원에서 인력 충원이란 쉬운 일이 아니라는 사실을 나도 잘 알고 있었다. 그래도 시간이 지날수록 바쁜 상황에 익숙해졌다. 나뿐 아니라 환자분들도. 조금 밀린다 싶으면 환자분들이 알아서 빈 베드를 찾아 누워 있기도 하고 핫팩을 정리해 주기도 했다. 먼저 와서 기다리고 있던 환자분이 나중에 온 환자분에게 자리를 안내해 주기도 했다. 환자분들의 배려 덕분에 허둥지둥하지 않고 침착하게 일할 수 있었다.

그렇게 혼자 씩씩하게 일하던 어느 날. 물리치료실 업무가 모두 끝나고 핫팩 통 안을 청소한 다음 새 물을 채우고 핫팩을 다시 넣어 두었다. 핫팩 통에는 핫팩을 데우기 위해 항상 뜨거운 물이 들어 있는데, 바닥에 먼지가 쌓

이게 되면 핫팩에서 냄새가 날 수도 있고 핫팩 통이 고장 날 수도 있다. 그래서 주기적으로 핫팩 통의 물을 완전히 비우고 청소해야 한다. 깨끗한 물이 차 있는 것을 보니 뿌듯했다. 이제 물을 데우기 위해 전원을 켤 차례. 핫팩 통 옆에 쭈그려 앉아 콘센트를 연결하고 전원 스위치를 올린 순간…….

"악!"

갑작스러운 충격에 온몸이 흔들거리며 쓰러졌다. 그대로 기절해 버렸나 보다. 잠시 후 정신이 들어 보니 내가 벽에 기대어 있었다. 머리가 띵했다. 아무래도 감전된 듯했다. 내 손이나 스위치에 물이 묻어 있었던 것도 아니건만. 혼자 일하는 데다 다른 직원들까지 다 퇴근한 이후라 도움을 요청할 사람도 마땅치 않았다. 다행히 곧 머리는 괜찮아졌다. 일어나 보니 움직이는 데도 문제가 없어 일단 퇴근했다. 다음 날 핫팩 통 판매처에 연락해 AS를 요청하자 판매처 사장님이 직접 왔다.

"사장님, 제가 핫팩 통 전원을 켜다가 감전됐어요. 무슨 문제가 있는 건가요?"

"저런, 감전이요? 괜찮으세요?"

"감전된 순간에는 너무 아파서 쓰러졌어요. 바로 일어나긴 했는데 엄청 놀랐어요. 지금은 괜찮고요."

사장님이 핫팩 통을 이리저리 살펴보더니 말했다.

"누전이 있군요. 전류가 많이 흘렀겠는데요."

"제가 기절까지 했어요."

"정말 큰일 날 뻔했네요. 바로 수리해 드릴게요. 혹시 조금이라도 안 좋으면 병원 가서 검사해 보세요."

그 정도에서 그쳤기에 망정이지 만약 감전의 정도가 더 심했다면 어떻게 되었을까. 적절한 조치를 받지 못한 채 몇 시간이나 방치되었을 것이다. 다음 날에야 발견되었을지도 모른다. 최악의 상황을 가정하니 오싹했다.

자칫 황천길에 갈 뻔한 일을 겪고도 꽤 한참을 더 그 병원에서 일했다. 혼자 일하는 것의 장점을 더 오래 누리고 싶었나 보다. 비록 그날 이후로 어떤 기기든 스위치를 올릴 때마다 살짝 긴장되긴 했지만.

결혼한 지 얼마 되지 않았을 때다. 당시 일하던 통증의학과 병원 원장님이 직원들을 소집했다. 물리치료사 세 명, 원무과 직원 두 명, 방사선사 한 명. 원장님은 무거운 표정으로 입을 열었다.

"주 40시간 근무제가 시행되는 거 알지요? 우리 병원도 거기 맞춰서 근무 시간을 단축하려고 해요."

여기까지 들었을 때만 해도 기분이 좋았다. 하지만 이어지는 청천벽력 같은 선언.

"근무 시간이 줄어들면 여러분이 입사할 때 쓴 근로계약서와 조건이 달라지잖아요. 그러니까 근무 시간이 줄어든 만큼 페이도 같이 줄어들 거예요."

갑작스러운 연봉 삭감 통보에 우리는 모두 멘붕에 빠

졌다.

"이런 방침에 동의하지 않는 사람은 권고사직을 할 수밖에 없어요. 대신 퇴직금을 두 배로 줄게요. 1년 근무를 채우지 못했더라도 퇴직금을 줄 거고요."

나를 포함해 여섯 명의 직원은 모두 젊은 편이라 당장은 돈을 더 모으는 것이 급했다. 보수를 잘 받을 수 있다면 노동 시간이 조금 더 길어지는 것도 감수할 의지가 있었다. 물론 주 40시간 근무제의 취지는 충분히 이해되었다. 고용주인 원장님의 입장도 이해되었다. 하지만 그렇다 해도 하루아침에 연봉이 줄어들게 된다는 사실은 받아들이기 힘들었다. 결국 한 명만 남고 다섯 명이 권고사직을 선택했다. 나도 그중 한 명이었다. 차라리 퇴직금이라도 더 받을 수 있을 때 그만두는 편이 낫겠다는 판단이었다.

그 병원은 신혼집에서 무척 가까웠다. 일부러 출퇴근하기 편한 동네를 골라 신혼집을 구한 것이다. 결혼하고도 그 병원에서 오랫동안 근무하고 싶었기 때문이다. 그 계획이 한순간에 무너지다니. 당연히 맞벌이 생활을 할 줄 알았는데 갑작스레 외벌이가 되었다. 남편은 괜찮으니 천천히 알아보라고 했지만 나는 마음이 급했다. 커리어를 계속 이어 가기 위해서도, 남편의 부담을 덜어 주기 위해서도 빨리 새 직장을 구해야 했다. 실업수당을 받으면서 열심히 물리치료사 구인 광고를 살폈다.

물리치료사가 일할 수 있는 병원은 많다. 정형외과, 통증의학과, 재활의학과, 외과, 가정의학과, 요양병원 등등. 물리치료사에 대한 수요가 많은 만큼 취업에는 나름 자신 있었다. 그러다 한 동네 병원에서 면접을 보게 되었다. 원장님은 내가 들고 간 이력서를 찬찬히 보다가 대뜸 말했다.

"결혼하셨네요."

그 말에 담긴 함의를 전혀 모른 채 나는 대수롭지 않게 대답했다.

"네."

"결혼도 했고 나이도 있으니 바로 아기 가질 거고, 그럼 금방 그만둔다고 할 거 아니에요."

이런 말을 듣게 되리라고는 상상도 못 했다. 왜 내 가족계획을 멋대로 판단하는 걸까.

"이제 막 결혼한 거라 아이는 천천히 가질 생각입니

다. 그리고 아이를 낳은 다음에도 계속 일할 거고요."

"어쨌든 아이 계획이 있다는 거잖아요. 아이를 가지면 일에도 지장이 있고 휴직도 하게 될 텐데."

직감했다. 이 면접은 망했구나. 역시나 그 병원에서는 연락이 오지 않았다.

여성이자 기혼이자 가임기라는 내 조건이 취업에 불리하다는 현실을 깨달았다. 그러자 나도 내 조건을 더 고려해 이력서를 내게 되었다. 아이를 가진 상태에서도, 아이를 낳은 이후에도 일할 수 있는 곳이어야 했다. 내가 취업할 수 있는 병원의 범위가 확 좁아졌다.

그러다 한 요양병원에 취업하게 되었다. 요양병원에서 일하는 것은 처음이었는데 일반적인 동네 병원과는 근무 시간이 조금 달랐다. 동네 병원은 직장인들의 방문을 감안해 저녁 7시까지 문을 여는 경우가 많고 아예 야간 진료를 하는 경우도 많다. 그에 비해 요양병원에서는 어르신들의 저녁 식사 전에 모든 일과를 마치기 때문에 퇴근 시간이 조금 더 일렀다. 토요일이나 공휴일에 출근하는 일도 없었다. 면접을 볼 때 요양병원 이사님도 이 점을 강조했다.

"여긴 주5일 일하고 근무 시간도 더 짧으니까 나중에 아이를 키우면서도 다닐 수 있어요. 오래 근무할 수 있으면 좋겠네요."

오래 근무하는 것은 나도 원하는 바였다. 다만 단점은 물리치료사가 달랑 나 혼자라는 사실. 하지만 이미 일반 병원에서 혼자 일해 본 경험이 있는 나로서는 별 문제가 아니었다. 이 요양병원에서 일하며 아이를 키우는 미래의 내 모습이 눈앞에 그려졌다.

요양병원에서 일하기 시작한 지 10개월 후 첫 아이를 임신했다. 원장님, 이사님, 동료들, 환자분들 모두 축하해 주었다. 임신한 몸으로 일하는 것이 당연히 쉽지는 않았지만 많은 사람의 배려를 받으며 계속 일할 수 있었다. 그러다 막달이 가까워졌다. 이사님이 나를 따로 불러 넌지시 물었다.

"남 선생, 이제 곧 아이를 낳을 텐데 출산휴가와 육아휴직 계획이 어떻게 돼요?"

당시 법으로 출산휴가는 90일, 육아휴직은 12개월이 가능했는데 나는 출산휴가 90일에 육아휴직 9개월을 붙여 총 1년 동안 일을 쉴 생각이었다. 그런데 내 생각을 말씀드리니 이사님은 난감한 표정을 지었다.

"1년이나? 너무 긴데. 여기 간호사 선생님은 애 낳고 100일 만에 복귀했어요. 남 선생도 출산휴가만 쓰고 다시 나오면 좋겠어요."

"네? 저는 아이를 낳으면 1년은 돌보고 싶은데요."

"남 선생이 못 나오는 동안 대체인력을 구해야 하잖아요. 대체인력이 1년이나 근무하는 건 우리로서는 좀 곤란해요."

이해되지 않았다. 내가 이 병원의 유일한 물리치료사이니 당연히 대체인력을 구해야 했다. 그런데 왜 그 기간이 1년이면 곤란할까. 대체인력으로 오는 사람 입장에서도 서너 달보다는 1년 동안 일하는 편이 나을 텐데. 그날 이후로 몇 번을 불려 다니며 더 이야기를 나누어 보았지만 서로의 입장은 평행선을 달렸다. 결국 이사님의 입에서 그 단어가 나왔다.

"남 선생이 꼭 육아휴직까지 써야겠다면…… 권고사직을 할 수밖에 없어요."

아이를 낳고도 오래 일할 수 있을 거라는 믿음으로 입사한 병원에서 권고사직이라는 말을 또 듣게 되다니. 처음에는 너무 화가 나서 고용노동부에 신고하려고 했다. 하지만 오랜 싸움이 될 수도 있다는 사실에 망설여졌다. 신고했다가 되려 스트레스가 커져 배 속의 아이에게 좋지 않은 영향이 있을까 걱정되었다. 결국 임신 8개월의 몸으로 퇴사를 했다.

아이를 낳고 내 바람대로 1년 동안 오롯이 내가 아이를 돌보았다. 힘들긴 했지만 엄마로서 행복하고 충만한 시간이었다. 아이가 돌 무렵에 어린이집에 다니기 시작하자 나는 슬슬 재취업을 준비했다. 그사이 내가 일할 수 있는 병원의 범위는 더욱 좁아져 있었다. 남편이 주말에 교대근무를 하는 터라 나는 주말 근무가 불가능했다. 주5일 근무인 병원을 물색해 보았지만 그런 병원은 많지 않을뿐더러, 있다 해도 자리가 쉽게 나지 않았다.

시간만 속절없이 흘러갔다. 어느새 아이는 두 돌이 되었다. 그 무렵 선배 언니에게 연락이 왔다.

"기란아, 내가 실장으로 있는 요양병원에서 물리치료사가 육아휴직을 하게 됐어. 그래서 대체인력을 구하고 있는데 너 생각 있니?"

"대체인력 기간이 어떻게 되는데요?"

"15개월이야."

"좋아요. 제가 할게요."

15개월짜리 계약직이라는 사실이 아쉽긴 했지만 그런 것까지 따질 여유가 없었다. 주말 근무가 없는 곳이라면 어디든 갈 의사가 있었다. 조금 아이러니하게 느껴지긴 했다. 내가 일한 요양병원은 12개월 대체인력을 구하길 거부해서 권고사직을 할 수밖에 없었는데 다른 요양병원에 15개월 대체인력으로 들어가게 되다니.

요양병원은 퇴근이 이른 대신 그만큼 출근도 일러서 아침 7시 50분에 아이를 어린이집에 보내야 했다. 잠이 덜 깬 아이를 들처 업고 어린이집에 가는 것도 힘들었고, 어린이집 선생님에게 양해를 구하는 것도 죄송했다. 아이의 등원이 조금이라도 지체되면 여지없이 병원에 지각을 하게 되었다. 지각만은 피하려 아등바등 뛰어다니던 기억이 선하다. 유난히 빨랐던 아이의 등원 시간을 이해해 주셨던 어린이집 선생님들에게 지금도 감사한 마음뿐이다. 아이가 아프기라도 하면 급하게 연차를 쓰거나, 그마저도 여의치 않을 때는 차로 30분 거리에 있는 친정 부모님댁에 아이를 맡겼다. 이제는 선배 언니에서 직장 상사가 된 실장님의 배려로 그런 날은 조금 일찍 퇴근할 수 있었다. 실장님에게 감사하면서도 눈치가 보인 것은 왜일까. 엄마가 되니 늘 죄인인 기분이었다.

물리치료사가 워낙 취업이 잘된다고 하는 직업인지라 경력 단절은 남의 이야기인 줄만 알았다. 하지만 출산한 여성으로서 나도 경력 단절을 피할 수 없었다. 그럼에도 엄마이기에 더욱 일이 소중하게 느껴진다. 내 아이들에게도 일하는 엄마가 자랑스러운 존재이기를 바란다. 대한민국의 일하는 엄마들, 우리 함께 힘냅시다!

"물리치료사라서 좋겠어요."

치료를 하던 준에 환자분이 갑자기 말했다.

"네? 왜요?"

"아픈 데가 없을 거 아니에요. 본인 몸에 대해 잘 알아서 매일 자기가 치료할 수 있으니까. 좋은 운동법도 많이 알고."

만약 내가 물리치료사가 아니라면 나도 그런 생각이 들 것 같다. 그런데 실상은 딴판이다.

물리치료사들에게도 직업병이 있다. 워낙 손과 팔을 많이 쓰는 직업이라 어깨 근육통부터 테니스엘보, 손목건초염, 손가락 관절염 등을 달고 산다. 수시로 환자의 몸을 들거나 움직이다 보니 목과 허리에 무리가 가고 심하면

디스크가 발생하기도 한다. 너무 아프면 물리치료사도 따로 병원을 찾아 치료를 받는다. 하지만 직업상 가만히 안정을 취할 수가 없기에 재발도 잦다. 내 동기들 중 한 명은 허리 통증으로 수술을 받고 결국 물리치료사 일을 그만두었다.

나는 어릴 때부터 건강 체질이었다. 자라면서 온갖 운동도 섭렵했다. 성인이 되어서는 스노우보드와 수영에 열심이었다. 그래서 물리치료사로 일하면서도 체력만큼은 자신 있었다. 동료들이 신체적 어려움을 호소할 때도 나만은 괜찮을 줄 알았다.

그 믿음이 무너진 것은 아이를 낳은 후였다. 출산한 지 얼마 되지 않았을 때 내가 걷는 모습을 보고 엄마가 화들짝 놀라 물었다.

"너 허리가 그렇게 아파서 어떡하니?"

딸이 허리를 제대로 펴지 못하고 엉덩이를 옆으로 뺀 채 엉거주춤 걷고 있으니 엄마의 반응이 그럴 수밖에.

"걱정 안 해도 돼요. 조금만 왔다 갔다 움직이면 금방 괜찮아져."

하지만 금방 괜찮아졌다가도 또다시 아파지는 것이

계속 반복되었다. 아이를 안고 재우다 보니 어깨고 손목이고 목이고 허리고 안 아픈 데가 없었다. 아이는 나를 닮아 골격을 타고났는지 8개월에 이미 10킬로그램이 넘었다. 참고로 8개월 남자 아기들의 평균 몸무게는 약 8.5킬로그램이다.

2년 동안 육아에 전념하다가 어느 순간 골반에 문제가 생긴 것을 알아챘다. 바지를 입으려고 다리 하나를 들면 다른 쪽 다리가 버티지 못하고 주저앉았다. 아침에 눈을 뜨면 스트레칭을 한참 해야 겨우 일어날 수 있었다.

물리치료사가 아니라 환자로서 동네 정형외과를 찾았다. 병원에서 내린 진단은 척추전방전위증. 척추의 뼈 하나가 앞으로 밀려나 요통을 유발하는 질환이다. 물리치료도 받았는데 아픈 데가 워낙 많아 핫팩 두 개로도 모자랄 지경이었다.

첫째 아이가 스스로 할 줄 아는 것이 많아졌을 즈음 둘째가 생겼다. 둘째를 출산하고 나서는 허리 통증이 더욱 심해져 주사 요법까지 받게 되었다. 칠순 넘은 엄마 아빠와 함께 주사 잘 놓는 병원, 물리치료 잘하는 병원을 공유하는 것이 일상이 되었다. 남편은 그런 나를 향해 걱정

스레 말했다.

"그런 몸으로 물리치료사 일을 계속해도 되겠어?"

"내가 명색이 물리치료사야. 알아서 할게."

가정용 물리치료 기기를 하나둘 장만하기 시작했다. 건초염, 손목 통증, 손 저림 때문에 파라핀 치료기를 샀다. 허리 통증이 심한 날에 동반되는 다리 저림 때문에 공기압 다리 마사지기를 샀다. 어깨 솟음과 두통 때문에 저주파 마사지기를 샀다. 물리치료에서 가장 자주 쓰이고 다양하게 활용되는 황토 찜질팩도 두 개 샀다. 모두 제법 효과가 있었지만 망가진 몸이 근본적으로 나아지지는 못했다.

둘째를 낳고 2년이 지난 어느 날. 집으로 올라가는 엘리베이터 안 거울 속에서 피폐한 몰골이 눈에 들어왔다.

'이게…… 나라고?'

거울을 보며 깨달았다. 아이들을 보느라 나 자신은 없는 채로 살고 있구나. 내가 나를 너무 돌보지 않았구나. 며칠 후 아침에 일어나 두 아이가 깨지 않게 조용히 스트레칭을 했다. 그날따라 아무리 해도 통증이 가라앉지 않았다. 이러다가는 죽을 것만 같았다. 그 순간 결심했다.

죽지 않기 위해 다시 운동을 하기로.

그다음 날부터 첫째 아이를 학교에, 둘째 아이를 어린이집에 보내고 나서 집 근처 야트막한 산을 오르기 시작했다. 그렇게 꼬박 100일 동안 등산을 했다. 처음에는 왕복 한 시간이 걸렸는데 두 달이 지나니 30분으로 줄어들었다. 몸무게는 10킬로그램이나 빠졌다. 한결 날렵해진 몸으로 날다람쥐처럼 산을 타는 나 자신이 대견했다. 다른 운동을 병행해도 되겠다는 자신감이 생겼다. 하루에 자전거 30분을 하다가 얼마 후 수영 한 시간으로 바꾸었다. 아주 긴 시간은 아니라도 매일매일 꾸준히 나를 돌보는 시간, 내 몸과 대화하는 시간을 갖게 된 것이다.

물론 그 후로 몸이 완전히 괜찮아진 것은 아니다. 나이도 들고 출산도 한 만큼 예전과 똑같은 상태로 돌아가기란 불가능했다. 인정해야 했다. 이제는 통증을 관리하며 살아야 한다는 사실. 물리치료사로서 많은 지식을 가지고 있다 한들 내 몸에 적용하지 않으면 무슨 소용이랴.

환자 수에 따라 보너스를 받는 병원에 근무할 때는 보너스 욕심에 무리해서 일했다. 그 바람에 어깨 근육통이 너무 심해졌다. 고민하다가 혹시나 하는 마음으로 마사지

샵을 방문했다. 전문 안마사의 손길은 기대 이상으로 만족스러웠다. 한동안 퇴근하면 마사지샵으로 달려갔다. 결과적으로 상당한 금액을 마사지에 쏟아 부었다. 남을 치료해서 번 돈을 나를 치료하는 데 쓰다니 이 무슨 아이러니인가.

요양병원에서 근무할 때는 환자분들 특성상 낮은 베드에서 물리치료를 해야 했다. 베드가 낮으니 더 숙이는 자세를 취해야 해서 허리에 자극이 많이 갔다. 허리 통증이 심해져 동네 정형외과에 갔더니 의사 선생님이 내 엑스레이 사진을 보고는 "몸을 많이 쓰는 일을 하시나 봐요" 하고 말했다. 몇 달이나 정형외과를 들락거리며 허리에 주사를 대여섯 차례 맞았다.

일하다가 몸이 너무 아플 때는 물리치료실에 있는 환자분들이 부러운 마음까지 든다. 나도 저분들과 함께 누워 한 시간만 치료를 받았으면! 하지만 바쁜 물리치료실에서 내가 갑자기 빠지면 동료들에게도 원장님에게도 미안한 일이다. 그래서 휴무일에 전혀 인연이 없는 병원에 가서 물리치료를 받는다. 환자의 입장이 되어 물리치료실에 누워 있으면 몸은 아파도 마음은 그렇게 편할 수가 없다. 그러면서도 물리치료사라는 직업은 어쩔 수가 없어서 이 병원에서는 어떤 기기를 쓰나, 물리치료에 어떤 특성이 있나 살펴보게 된다.

최근에 어깨 통증을 치료하러 다른 병원에서 갔는데 물리치료사가 물었다.

"무슨 일 하세요?"

나도 종종 환자분들에게 묻는 질문이다. 평소 생활 습관이나 직업상 특성을 파악하면 치료에 도움이 되기 때문이다. 그런데 막상 내가 이런 질문을 받으니 당황스러웠다. 잠시 고민하다가 솔직하게 대답했다.

"물리치료사예요."

"헉, 괜히 물어봤다!"

나보다 한참 어린 그 물리치료사는 당황한 기색이 역력했다. 나라도 환자가 물리치료사라면, 그것도 경력이 제법 되어 보이는 물리치료사라면 놀랄 것이다.

"아차 싶었죠?"

"네, 하핫. 어디서 근무하세요?"

물리치료를 하는 동안 우리는 서로의 병원 이야기를 하며 화기애애한 시간을 가졌다. 물리치료사의 고충은 물리치료사가 제일 잘 이해하지 않겠는가.

20대 물리치료사였던 내가 스스로를 혹사해 일하면서도 시간이 없다는 핑계로 제때 치료하지 않고 병을 키웠다면, 어느덧 40대 물리치료사인 지금의 나는 매일 운동을 하고, 아플 때는 병원을 방문해 치료받고, 늘 몸의 소리에 귀를 기울이고 있다. 그래야 언젠가 50대 물리치료사가 되어서도 거뜬히 일할 수 있을 테니까.

그런데 물리치료사의 직업병으로 이것을 빼놓을 수 없다. 수시로 다른 사람들의 자세나 동작에서 문제점을 찾아낸다는 것.

대학교 때 '물리치료 진단학'이라는 수업을 들었다. 수업 시간에 교수님은 학생들을 한 명씩 걸어 보게 하시더니 학생들의 걸음걸이 습관은 물론이고 어깨나 허리에 질환이 있는지, 다리나 발이 어떻게 변형되었는지 등을 바로바로 지적하셨다. 그 모습을 보며 "와" 하는 감탄이 절로 나왔다. 시간이 흘러 나도 어느 정도 경력 쌓인 물리치료사가 되고 보니 제법 그때 그 교수님 같은 눈을 가지게 되었다. 출근하는 차 안에서 신호를 기다리다가 횡단보도를 건너는 사람들을 보며, 가족들과 나들이를 갔다가 앞에서 걸어가는 사람들을 보며, 무심코 창밖으로 고개를 돌렸다가 지나가는 사람들을 보며, 내가 의식하지 않아도 저절로 이런 생각들이 머리에 떠오른다.

'저 아줌마 다리는 코끼리 다리처럼 두껍네. 관절염이 심하구나. 계단을 오르내릴 때 얼마나 힘들까.'

'저 아저씨는 척추가 많이 휘었어. 눈으로만 봐도 구분될 정도니 허리 통증이 크겠다. 어깨는 괜찮을까?'

'저 학생은 목 뒤 부분이랑 어깨가 많이 솟았구나. 목 주변이 불편하겠다.'

'저 남자는 거북목 증상이 심하네. 컴퓨터를 많이 하는 직업인가. 어깨와 목 근육의 피로도가 크겠어.'

마음 같아서는 붙잡아 세우고 병원에 가서 이러이러한 치료를 받으라고 말해 주고 싶다. 하지만 '도를 아십니까' 같은 부류가 아니냐며 이상한 눈총을 받을까 봐 그 말을 꾹 삼킨다. 대신 일가친척이나 지인들에게는 오지랖을 아끼지 않는다. 내 주변 사람들의 통증을 덜기 위해서라도 물리치료사로서 이 직업병만큼은 오래오래 사수하고 싶다.

　20대 후반의 남성 환자분이 방문했다. 원장님이 작성한 물리치료 의뢰서에는 골반 쪽에 통증이 있는 것으로 적혀 있었다. 환자분에게 물어보니 사타구니에 가까운 허벅지 안쪽이 아프다고 한다. 온열치료를 먼저 하기로 하고 갈아입을 가운을 건넸다. 핫팩을 준비해서 몇 분 후 베드로 다시 와 보니, 어라? 가운은 제자리에 그냥 놓여 있고 환자분은 티셔츠에 삼각팬티 차림으로 누워 있다.

　"아직 가운을 안 입으셨네요. 가운을 입으셔야 편하게 치료받으실 수 있어요."

　"아뇨, 가운 안 입을게요. 불편해요."

　"그럼 큰 수건을 드릴게요. 수건 덮고 계세요."

　"수건도 더워서 싫어요. 그냥 이대로 해 주세요."

할 수 없이 그 상태로 찜질을 시작했다. 환자분은 두 다리를 벌리고 두 손으로 뒤통수를 받친 채 내가 치료하는 모습을 지켜보았다. 온열치료가 끝나고 초음파치료와 전기치료에 들어갈 차례가 되었다. 환자분이 갑자기 느끼한 미소를 지으며 물었다.

"이렇게 치료해 주면 기분이 어때요?

시작이구나. 오늘의 성희롱 1번.

당연히 불쾌했다. 하지만 당황스럽지는 않았다. 당시 나는 3년차 물리치료사였는데 이미 성희롱을 여러 번 경험했다. 고작 3년차에 이미 익숙해질 정도로 물리치료실에서 성희롱은 그리 드문 일이 아닌 것이다.

나는 아무런 대답도 하지 않고 베드 밖으로 나갔다. 그리고 실장님에게 다가가 작은 목소리로 말했다.

"이상한 환자가 걸렸어요. 팬티만 입고 누워 있다가 저더러 기분이 어떠냐고 묻네요."

"그랬어? 어휴, 욕봤네. 내가 들어갈까?"

"그래 주실 수 있어요?"

"당연하지."

거북한 행동을 하는 환자가 있으면 일단 담당을 바꾸

는 것이 우리 사이의 룰이었다. 환자에게 보내는 일종의 경고 신호랄까. 그 환자분은 물리치료사가 바뀌고서도 여전히 속옷 차림을 고수했다. 그나마 더 이상 성희롱적인 말을 건네지는 않았다.

또 어떤 날은 어깨 때문에 운동치료를 하러 온 40대 남자 환자분을 상대하고 있었다. 물리치료 의뢰서에 환자분의 통증 부위가 적혀 있지만 그래도 보다 정확하게 확인하기 위해 환자분에게 물었다.

"어깨 어디가 아프세요?"

"뒤돌아 봐."

"네?"

"뒤돌아 보라고."

아무 설명도 없이 다짜고짜 뒤돌아 보라니. 당황스러웠지만 일단 뒤돌아섰다. 그러자 환자분은 내 등을 만지작거렸다.

"여기라고, 여기. 또 여기도 아프고."

날개뼈 근처에서 시작된 환자분의 손은 점점 아래로 내려가 허리를 훑다가 겨드랑이 쪽으로 들어가려 했다. 더 이상 참을 수 없어 환자분 쪽으로 돌아섰다.

“그냥 말씀만 해 주셔도 알아요.”

“알긴 뭘 알아. 이렇게 해야 정확하지.”

환자분은 억지로 나를 다시 돌려 세우고는 다시 내 등에 손을 댔다. 그래도 내 반발에 눈치가 보였는지 조금 만지는 둥 마는 둥하다가 베드에 누웠다. 그러고는 되레 큰 소리를 쳤다.

“내가 딱딱 짚어 주니까 확실히 알겠지?”

이렇게 성희롱을 당해도 사이다 같은 대처는 고사하고 항의 한번 제대로 못하기 일쑤였다. 그런 날이면 퇴근 후에 동료나 친구와 술자리를 가지며 한탄과 체념을 주고받았다. 내가 자랑스럽게 여기는 이 직업에 대한 회의도 들었다.

점점 연차와 경험이 쌓이고 사회적 분위기도 바뀌다 보니 요즘은 상황이 사뭇 달라졌다. 명백하게 성희롱이라고 판단되는 일이 생기면 바로 말한다.

“그렇게 하시면 기분 나쁘죠.”

“계속 그러시면 안 됩니다. 멈추세요.”

“이거 성추행입니다.”

하지만 아주 심하지 않거나 애매하다고 생각되는 경

우에는 일을 키우기가 꺼려져 대충 넘긴다. 환자분이 물리치료 도중에 기분이 나빠져서 병원에 항의하면 이유가 무엇이든 원인이 어디에 있든 일단 물리치료사는 나쁜 평가를 받게 된다. 그런 '을'의 위치에 있다 보니 성추행에 제대로 대처하지 못하는 물리치료사가 많은 것이다.

예전에 드라마 〈갯마을 차차차〉를 보는데 주인공이 성추행 사건에 엮이는 에피소드가 나왔다. 치위생사 미선은 환자의 계속된 성추행으로 혼자 끙끙 앓는다. 그러다 원장인 혜진이 그 장면을 목격하고 성추행범을 때려잡는다. 그 일로 혜진은 경찰서에 가게 되고, 따라 달려온 미선은 혜진과 끌어안고 운다. 그 장면을 보며 나도 엉엉 울었다. 그동안 숱하게 경험한 성희롱이 내 안에 남긴 상처가 눈물로 쏟아져 나왔나 보다.

아무래도 옷을 벗고 치료하는 물리치료실의 특성상 성희롱이 다른 곳보다 더 자주 일어날 수 있다. 이런 일을 막으려면 물리치료실에서 환자분들이 가운을 갈아입는 공간을 따로 마련하는 것이 필요하다. 또 환자분들도 기본적인 에티켓을 지켜 주면 좋겠다. 무엇보다도 여성 노동자들이 성추행에 무방비로 노출되는 환경을 개선하는

데 우리 사회가 더욱 힘써야 한다. 문제가 발생했을 때 제대로 대처할 수 있는 매뉴얼이 여전히 부족하다.

무엇보다도 필요한 것은 사람들의 지지와 응원이다. 한번은 아버지뻘 되는 나이 지긋한 환자분 옆에서 치료 준비를 하고 있었다. 나를 빤히 보는 환자분의 눈길이 느껴졌다. 치료가 어떻게 이루어지는지 궁금해서 그러는 것이려니 했다. 그런데 훅 들어오는 환자분의 말.

"남 언니는 덩치가 커서 방댕이도 커 가지고 마사지 참 잘하게 생겼어. 여기 좀 싹싹 주물러 봐."

한숨이 나왔지만 나는 이미 별별 성희롱에 이골이 난 40대 물리치료사. 이 정도쯤은 넘어가자 싶어 일부러 더 태연한 목소리로 대답했다.

"덩치 크고 방댕이 크니까 치료 잘해 드릴게요. 근데 마사지는 싹싹 하면 안 돼요. 안 아프게 적당히 해야지."

그런데 옆 베드에 누워 있던 분이 정색을 하며 끼어들었다.

"아니, 물리치료사 선생님한테 그런 말을 하면 안 되잖아요."

"허허, 나는 그냥 웃자고 한 말인데……."

"아저씨 혼자만 웃기지, 듣는 사람은 기분 나쁘다고
요. 요즘 그런 말 함부로 하면 고소당할 수도 있다는 거
몰라요?"

"이거 원, 무서워서 말 한마디도 못하겠네……."

서슬 퍼런 지적에 환자분은 구시렁거리면서도 반박
하지 못하고 입을 다물어 버렸다. 내가 하고 싶은 말을 대
신해 준 그분에게 어찌나 고맙던지. 마음 같아서는 그분
을 꽉 끌어안고 싶었다. 〈갯마을 차차차〉에서 미선이 혜
진과 그랬던 것처럼.

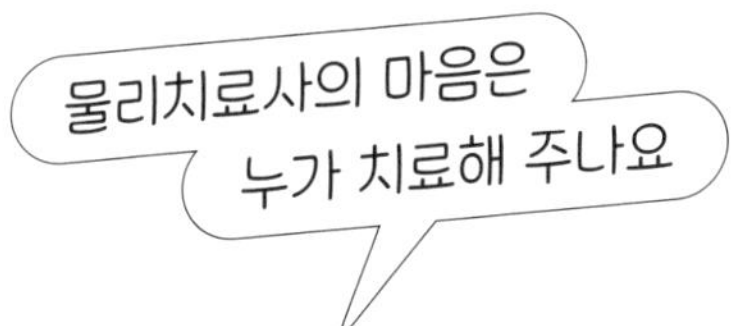

내 물리치료사 인생에서 가장 높은 연봉을 기록한 것은 5년차인 20대 후반 때다. 추가 근무도 마다하지 않고 열심히 일한 결과였다.

그런데 점점 몸에서 이상 신호가 오기 시작했다. 중고등학생 때도 여드름 하나 없이 피부가 깨끗했던 내게 아토피가 생겼다. 특히 눈과 입, 목 부분이 가렵고 피부 발진이 일어났다. 심할 때는 퉁퉁 붓기도 했다. 피부과 진료를 받는 것은 물론이고 아토피에 효과가 있다는 온갖 천연 화장품을 사용해 보았다. 알로에가 좋다고 하길래 알로에를 구해다 직접 피부에 바르기도 했다. 하지만 모두 소용이 없었다. 아침에 일어나면 눈과 입 주변이 부어 있고 벌겋게 발진 자국이 생겨 있어서 거울 보기가 싫을 정도였다. 불면증도 생겼다. 잠 못 이루고 뒤척이다가 새벽 녘에야 겨우 한두 시간 자고 나서 출근할 때가 많았다. 거의 자지 못하고 밤을 꼬박 새우는 날도 종종 있었다.

몸의 이상 신호보다 더 괴로운 것은 마음의 이상 신호였다. 병원에서 동료들과 대화하다가 사소한 것을 가지고 짜증을 내는가 하면, 조금이라도 부당하다는 생각이 들면 실장님이나 원장님에게 항의하기 일쑤였다. 환자분에게 치료 방법에 대해 설명하다가 난데없이 다투기도 했다. 내가 점점 쌈닭이 되어 가는 것 같았다. 인간관계가 삐거덕거리니 항상 기분이 처져 있고 일에도 의욕이 떨어졌다. 그때 사귀던 남자 친구가 나 때문에 많이 힘들어했다. 내가 퇴근 후에 남자 친구를 붙잡고 병원 스트레스를 쏟아 내곤 했기 때문이다.

너무 괴로워서 상담사인 언니에게 요즘 내 상황을 털어놓았다. 그러자 언니가 조심스럽게 말했다.

"심리상담을 받아 보는 게 어때?"

"심리상담은 무슨. 내가 그 정도는 아니야."

언니가 상담사인데도 나는 심리상담에 편견을 가지고 있었다. 그런 건 굉장히 충격적인 일을 겪은 사람이나 일상생활이 불가능한 사람이 받는 거라고. 심리상담을 받으면 지인들은 물론이고 남자 친구조차 나를 정신이 이상한 사람으로 볼까 봐 겁이 났다. 하지만 시간이 흘러도 힘든 마음은 조금도 나아지지 않았다. 더 이상은 안 되겠다 싶었다.

"나 심리상담 받을래."

언니에게 이렇게 말한 것은 처음 심리상담을 제안받은 지 1년 만이었다.

언니가 추천해 준 상담사 선생님을 만나는 날. 가는 길에도 이게 과연 잘하는 것일까 백 번도 넘게 의심했다. 하지만 이제 와 취소하고 돌아설 수도 없는 노릇. 마침내 상담사 선생님과 마주 앉았다.

"기란 씨가 요즘 어떻게 지내고 있는지 들려주세요. 지금 기란 씨의 마음은 어떤가요? 기란 씨의 생활은요?"

조금 전까지만 해도 상담 자체를 망설였던 것이 무색하게 내 입에서는 이야기가 술술 나왔다. 그런 내 모습이 스스로 놀라웠다. 상담사 선생님이 내 말을 잘 들어 주었기 때문일까. 시간 가는 줄 모르고 한참 이야기하고 나니 상담사 선생님이 말했다.

　"기란 씨가 지금 이야기하면서 특히 많이 언급한 단어가 하나 있어요."

　"뭔데요?"

　"무시."

　깜짝 놀랐다. 이야기하는 내내 전혀 의식하지 못했는데. 내가 했던 말들을 곰곰 되새겨 보았다. 누군가 나를 무시하면 화가 나요, 병원 사람들한테도 환자들한테도 무시당하고 있어요, 다른 사람들이 나를 우습게 보는 것 같아요…….

　"누군가 나를 무시한다는 생각이 든다면 그건 어쩌면 내가 다른 사람들을 무시하고 있기 때문이 아닐까요? 거울처럼 말이에요."

　상담 선생님의 설명을 듣는 순간, 머리를 한 대 얻어맞은 기분이었다. 부정할 수 없었다. 나는 사람들이 나를 무시한다고 생각하고 있었다. 그리고 그 사람들은 나를 무시할 자격이 없는, 별것도 아닌 존재들이라고 생각하고 있었다. 별것도 아니라는 판단 자체가 오히려 내가 그 사람들을 무시한다는 명백한 증거였다.

　"무시당하고 있다는 건 기란 씨의 피해의식일 수도

있어요. 기란 씨가 먼저 다른 사람들을 무시하고 있었던 거죠."

어느새 나는 꺼억꺼억 울고 있었다. 그날 상담 선생님 앞에서 한참 동안 눈물을 멈추지 못했다.

두 달 동안 일주일에 한 번씩 꼬박꼬박 심리상담을 받았다. 차츰차츰 변화가 일어났다. 마음이 차분해지면서 다른 사람들을 부정적인 시선으로 보지 않게 되었다. 대화를 할 때면 상대방의 입장에서 생각해 보게 되었다. 내가 주변을 향해 잔뜩 세워 둔 경계들이 무너져 가는 것이 느껴졌다. 동료들과의 관계도 확연히 나아지고 환자분들의 항의도 크게 줄어들었다. 남자 친구와의 사이도 좋아졌다. 친구들과의 모임에 나갔다가 이런 말들을 들었다.

"기란이 표정이 굉장히 부드러워졌어."

"예전에 너는 독설가였는데 지금은 안 그래."

"너랑 같이 있는 게 전보다 편안해."

일의 양도 조절했다. 열심히 일하는 것도 좋지만 내 몸을 챙기는 것도 소홀히 하지 않겠다고 다짐했다. 높은 연봉에 대한 욕심은 조금 내려놓고 여가와 취미 활동을 더 챙기기로 했다. 그러면서 아토피와 불면증도 서서히

사라졌다.

　물리치료사는 여러 사람과 많이 부대끼는 직업이다. 일하다 보면 어느 순간 인간관계의 스트레스가 크게 닥쳐올 수 있다. 그때의 나처럼 인간관계로 인해 마음이 무너져 내린 물리치료사가 있다면 꼭 심리상담을 받아 보라고 권유하고 싶다. 심리상담은 내 마음을 제대로 들여다보게 해 주었고 마음의 평온을 되찾게 해 주었다. 그 당시 상담사 선생님에게 들은 '거울'이라는 두 글자를 지금도 항상 유념하고 있다. 몸이 아프고 불편하면 병원에 가서 의학의 도움을 받듯, 마음이 지치고 힘들면 상담사를 찾아 심리상담의 도움을 받는 것이 자연스럽지 않을까. 아픈 몸을 낫게 해 주는 물리치료사에게도 마음의 치료사가 필요한 순간이 있다.

"이게 얼마만이야!"

대학 시절 친하게 지낸 친구들이 오랜만에 한자리에 모였다. 장소는 결혼식장.

"세상에, 우리 미영이가 결혼을 할 줄이야!"

"맨날 언니 언니 하면서 귀여운 곰돌이 같았던 미영이가 이제야 결혼하네."

민지, 미영, 은해, 진서, 정희 그리고 나. 우리 여섯 명은 대학교에서 항상 붙어 다녔다. 함께 수업을 듣는 것은 물론이고 서로의 자취방에 놀러 가고, 점심을 같이 먹고, 술자리에서 잔뜩 취한 서로의 등을 두드려 주었다. 그중 막내 미영이가 우리 중에서 가장 늦게 결혼하게 된 것이다. 마흔의 나이에.

"우리가 마지막으로 다 모였던 게 언제더라?"

"그게…… 5년 전이지? 진서 딸 돌잔치 때."

졸업 후 사회로 나간 우리는 논산, 대전, 부여, 서울, 청주로 뿔뿔이 흩어졌다. 시간이 흘러 하나둘 결혼하고 아이도 낳았다. 그러다 보니 다섯이 모두 모이기가 참 힘들어졌다. 더구나 코로나 팬데믹 탓에 몇 년 동안은 아예 보지 못했다. 병원에서 일하는 사람으로서 더욱 조심해야 했기 때문이다. 자칫 확진되면 병원 환자분들 전체가 위험해질 수도 있으니 말이다. 기약 없이 이어지던 코로나 팬데믹이 마침내 끝나자 우리는 한번 모이자고 입을 모았다. 마침 미영이가 결혼 선언을 한 덕분에 이렇게 결혼식장에서 만나게 되었다.

사진 촬영까지 모두 마치고 피로연장으로 자리를 옮기자 우리의 수다가 본격적으로 시작되었다. 처음에는 미영이의 러브스토리가 화제에 올랐다가 이내 일 이야기로 옮겨 갔다. 우리 모두가 물리치료사이기에.

"어우, 우리 병원은 끊임없이 공부를 해야 해서 죽을 맛이야. 매달 임상 사례 발표도 해야 하고 스터디 모임도 해야 하고."

진서는 대학병원에서 10년 넘게 일하고 있다. 다양한 환자를 아우르는 큰 병원인 만큼 공부가 많아 힘들다고 푸념이다.

"야, 딴 데는 뭐 공부 안 하는 줄 아니? 내가 이번 달도 학회 따라 다니며 공부하느라 얼마나 바빴는데. 그래도 대학병원은 저녁 근무도 없고 주말 근무도 없잖아."

이렇게 일침을 놓은 사람은 민지. 저녁 7시까지는 기본이요, 야간진료가 있는 날은 9시까지 문을 여는 정형외과에서 일하고 있다. 토요일에도 출근해야 하다 보니 친정 가까이에 살며 아이를 자주 부모님에게 맡긴다.

"그래도 너희 병원은 일하다가 중간중간 쉬기도 할 거 아냐. 대학병원은 입원 환자 위주라 쉴 틈이 하나도 없어. 치료 스케줄이 다 정해져서 꽉꽉 차 있으니까."

진서가 억울한 듯 반박하자 이번에는 요양병원에서 일하는 정희가 끼어든다.

"입원 환자 위주인 건 요양병원도 마찬가지이긴 해. 그래도 대학병원은 요양병원보다 더 대우가 좋잖아."

나도 요양병원에서 일해 본 터라 말을 보탰다.

"요양병원은 환자분들이 다 어르신들이잖아. 그중에

치매 있는 분도 많고. 그분들 기분 맞춰 드리는 게 엄청 힘든 일이야."

저마다 나름의 고충을 토로하는 우리. 그러다 슬그머니 자랑도 빼놓지 않는다.

"대학병원이 다른 데보다는 대우가 괜찮은 편이지. 내가 그거 때문에 여태 붙어 있는 거 아니냐."

"동네 병원은 가끔씩 좀 여유를 부릴 수 있긴 해. 오후에 환자가 좀 적은 시간이 되면 다른 물리치료사 샘들이랑 간식도 먹고."

"요양병원 어르신들 대하는 것도 나름 재밌어. 정 있는 분들이 많아서."

서로의 소식을 나누었으니 그다음은 공통된 지인들의 소식을 나눌 차례. 같은 과 친구들인 만큼 공통된 지인들도 역시나 물리치료사들이다. 대개는 동네 병원, 대학병원, 요양병원이라는 큰 범주 안에 있지만 종종 독특한 길을 가는 경우들도 본다. 누구는 프로 스포츠팀 소속으로 활동한다더라, 누구는 해외 의료봉사팀으로 파견 나갔다더라, 누구는 미국 물리치료사 자격증을 따서 현지에서 일한다더라……. 그러다 듣게 된 뜻밖의 소식.

"나 얼마 전에 수현이 만났는데. 수현이 기억나?"

"수현이? 남편 따라서 천안으로 가지 않았나?"

"아이고, 그건 10년도 더 전의 일이잖아. 거기서 좀 살다가 대전으로 다시 온 지 꽤 됐어."

"그래? 그럼 지금 대전 어디 병원에서 일한대?"

"수현이는 이제 물리치료사 아니야. 필라테스 센터를 운영해. 취미로 필라테스를 시작했다가 아예 자격증을 따고 직접 센터까지 차렸더라고. 대학 강의도 나간대."

"정말? 대단하다. 물리치료사가 원장인 필라테스 센터라니. 우리 과의 자랑이다, 자랑이야!"

"나 허리 통증 있는데 수현이네 필라테스 센터 가서 운동하고 싶다."

같은 학교 같은 과에서 만나 함께 물리치료를 공부하고 실습을 나가고 국가고시를 준비했던 20대 청춘들. 이제는 각자의 자리에서 각자의 삶을 살아가고 있다. 하지만 어떤 자리에서 어떤 모습으로 있든 우리는 물리치료사다. 물리치료사라는 정체성, 물리치료사로서의 자부심은 언제나 함께 있으니까.

독서를 마무리하는
온몸 스트레칭

책을 다 읽으셨나요? 그럼 몸을 전체적으로 풀어 줍시다.

✐ 자리에서 일어나 두 팔을 위로 올려 기지개를 켜세요.

📌 두 손을 허리에 대고 허리를 좌우로 돌리세요.

**오늘의
물리치료를
시작합니다**

초판 1쇄 펴냄	2026년 4월 25일
지은이	남기란
편집	김서윤
디자인	조수정
펴낸곳	상도북스
출판등록	제2020-000076호
주소	서울시 동작구 상도로53길 8
전화	(02) 942-0412
팩스	(02) 6455-0412
전자우편	sangdobooks@gmail.com
블로그	blog.naver.com/sangdobooks
인스타그램	@sangdobooks

© 남기란 2026

ISBN 979-11-981187-5-2 03810
